Le Dernier Testament de Maurice Finkelstein

SOPHIE DELASSEIN

Le Dernier Testament de Maurice Finkelstein

Roman

ÉDITIONS DU SEUIL

DU MÊME AUTEUR

Barbara, une vie, l'Archipel, 1998 ; *Rappelle-toi Barbara*, 10/18, 2002

Aimez-vous Sagan..., Fayard, 2002, Le Livre de Poche, 2004

Né quelque part, conversations avec Maxime Le Forestier, Hachette Littérature, 2005, Don Quichotte, 2011

- M -, Sa vie, ses chansons, Seghers, 2005

Gala pour Dali, JC Lattès, 2006

Les dimanches de Louveciennes, Grasset, 2009

Julien, avec Julien Clerc, Calmann-Lévy, 2013

La vie avec Moustaki, Les éditions du Moment, 2014

Jean-Paul Belmondo, le magnifique, GM Éditions, 2018

ISBN 978-2-02-146945-5

www.seuil.com

À FanFan

« L'humour est un déguisement sous lequel l'émotion peut affronter le monde extérieur »

Tony Mayer

« L'éternité c'est long, surtout vers la fin »

Woody Allen

1

Génération Maurice

Je pousse la porte des Œillets, l'EHPAD du XVIIIe arrondissement où je débarque en habituée depuis que j'y ai installé mon oncle et ma tante, Maurice et Gisèle Finkelstein. Les résidents sont réunis dans le vaste salon du rez-de-chaussée, tous tournés vers l'écran géant devant lequel un jeune homme, Thomas, anime un karaoké pour une colonie de vieux au regard souvent hagard. Je ne pense pas y trouver Gisèle et Maurice, qui passent tout leur temps dans leur suite royale. Ils sont pourtant au salon, participant à une activité collective pour la première fois, me semble-t-il. Je fends la foule des déambulateurs et des fauteuils roulants. Ma tante me serre le bras avec toute la tendresse qu'elle a pour moi ; mon oncle tape dans ma main en parlant fort. On est content de te voir. Moi aussi tonton.

Je ne dis rien. L'animateur scande Maurice ! Maurice ! Maurice ! dans le micro. Il me fait signe d'approcher de la scène aussi. Pas moi ! Journaliste à *L'Obs*, je ne compte pas m'attarder, j'ai plein d'articles à rendre.

Tout le monde se fiche de mes impératifs. Ma tête fait non, non, non, non, mais ceux qui le peuvent encore tapent des mains pour nous encourager. Je prends mon oncle par la main, nous nous dirigeons vers la scène. Je pense à mon sac à main abandonné aux pieds de tata Gisèle, au téléphone à l'intérieur dont l'écran doit afficher toutes sortes de messages plus ou moins pro : une confirmation d'interview, d'un dîner en terrasse chez un éditeur, deux appels de mon chef de service et une douzaine de ma mère-hélicoptère qui cherche comme toujours à me géolocaliser.

L'animateur me tend d'autorité un cahier avec, dans le désordre alphabétique, une liste de standards inusables de la chanson française dans laquelle il me faudrait puiser. Mon oncle rit, me tape sur l'épaule, on est content, on est content. Je parcours vite fait le cahier : *Le Temps des cerises*, *Mon légionnaire*, *Capri c'est fini*. Soudain, je me souviens que Maurice adore Gilbert Bécaud. « Depuis Bécaud, y a plus personne. Personne ! » m'avait-il affirmé un jour avec virulence. Parce que avant d'être content/content, tonton a mené une brillante carrière de gueulard acariâtre. Je jette mon dévolu sur la chanson d'un type obsédé à l'idée de pécho son guide lors d'un voyage à Moscou. *Nathalie* ou le fantasme de toute une jeunesse, la génération Maurice, celle qui a attendu la fin de la reconstruction d'après-guerre pour détruire l'Olympia de l'intérieur, ce dimanche où Bécaud était à l'affiche, où Bruno

Coquatrix[1] en panique tentait de joindre son courtier en assurances : « Tu ne vas pas te taire deux secondes, Paulette[2] ? Tu ne vois pas que c'est la chienlit et que je suis au téléphone ? »

Les paroles défilent sur l'écran. Mon oncle passe son bras autour de ma taille. J'oublie mon portable et le travail en retard. Le temps à l'EHPAD s'écoule différemment d'au-dehors. Ici, au-dehors n'existe presque plus. Robert, mon fils, est-il rentré directement à la maison en sortant du lycée ? Reste-t-il des fruits dans la corbeille à fruits ? « La place Rouge était vide / Devant moi marchait Nathalie ». Nous attaquons la chanson sans conviction, chantant peu, riant beaucoup, pour un duo oncle-nièce improbable et joyeux, on massacre Bécaud en famille. Maurice est atteint d'un Alzheimer sévère ; je jouis d'une insouciance inhabituelle.

Nous sommes les survivants triomphants, ébaubis et heureux des mots qui blessent, des colères folles, des rancœurs empilées, des relations détériorées, des deuils en suspens, des chagrins amicaux, des déceptions amoureuses, des dépressions lourdes, des prédictions de Paco Rabanne, et puis le 11 Septembre, les attentats de 2015, le Penelope Gate. Depuis l'estrade, je regarde ma tante au milieu de ces multi-estropiés de l'existence, fourbus à quelques mètres de la ligne d'arrivée. Gisèle, le corps amaigri et perclus de rhumatismes, se balance

1. Bruno Coquatrix était le directeur général de l'Olympia.
2. Paulette était sa femme, à Bruno Coquatrix.

au rythme slave de la musique, elle me fait coucou de loin, je l'ai rarement vue s'amuser autant. La chanson défile sans que nous mettions un vers dans le mille. Nous formons une famille compliquée, mais chez nous la solitude ça n'existe pas, et pour faire péter l'ambiance, c'est nous qu'on appelle.

J'ai l'idée d'ajouter des KAZATCHOK tonitruants pour ponctuer le texte de Pierre Delanoë, ce que le public semble apprécier, y compris les membres du personnel en charlotte et surblouse que j'appelle toutes-tous par leur prénom – et réciproquement. Des gens extraordinaires. À la fin de la chanson, quand le type se vante d'avoir passé la nuit avec Nathalie, et que dans son euphorie post-coït il promet à son tour de lui faire visiter Paris, Maurice exalté menace de tomber la chemise et de la lancer sur un groupe de bombasses aux cheveux violets, so sexy avec leurs bas de contention. Le regard de Gisèle brille du courroux de la jalousie, il y a urgence à les remonter tous les deux dans leur suite avant qu'elle fracasse le col du fémur de ses rivales à coups de béquille. Tata a toujours été jalouse, a fortiori à l'EHPAD. Elle a ses raisons. L'infirmière coordinatrice m'a confié que mon oncle aimait beaucoup/beaucoup les femmes. Je m'étonnais que l'octogénaire puisse encore avoir des fantasmes érotiques et les mains qui se baladent ; l'infirmière s'étonnait que je m'étonne tellement ça culminait dans sa personnalité.

MOI : Je pense que c'est à mettre sur le compte de sa pathologie.

L'INFIRMIÈRE COORDINATRICE : Oui, c'est bien connu : tous les Alzheimer sont chauds de la bite ! Si je peux me permettre...

MOI : Je vous en prie.

Ce que je ne découvre pas en revanche, c'est qu'on peut aller au-devant de péripéties imaginables dès lors que l'on s'encombre le quotidien de la tutelle d'un aïeul. Or moi, j'en ai deux : Gisèle et Maurice Finkelstein.

2
Le nouveau testament de tonton Maurice

Gisèle avait épousé Maurice tout en sachant qu'il ne voudrait absolument pas d'enfant, même pas un tout petit, sage et silencieux. Dès leur rencontre il avait posé cette condition et elle l'avait acceptée, respectée. Ma tante eut bien quelquefois le bourdon à la vue d'une poussette, d'une peluche, d'une maman à la sortie de l'école, mais elle étouffait sa peine. Elle savait le sujet douloureux pour son mari qui voyait en chaque môme un orphelin potentiel.

On pouvait le comprendre. Aîné d'une fratrie de quatre frères et sœurs, il avait vu père et mère succomber accidentellement, le même jour. Je n'ai jamais su dans quelles circonstances. Ma mère, Sarah, a toujours refusé d'en parler. Trop douloureux, tabou. Maurice venait de souffler ses quinze bougies l'année de ce drame qui a définitivement éradiqué son insouciance. Toute la famille pleurait beaucoup, les oncles et tantes se réunirent pour envisager de se partager les enfants. Maurice refusa : ils n'étaient pas une couvée de chatons.

Devenu orphelin et chef de famille beaucoup trop jeune, il alla frapper à la porte d'un orphelinat de la banlieue parisienne, où des filles et fils de déportés bénéficiaient de dortoirs confortables et du meilleur enseignement.

Les quatre traumatisés de l'existence grandirent, quittèrent l'orphelinat, se marièrent et eurent quelques enfants – sauf Maurice.

Ce drame ne fit pas de l'aîné des Finkelstein un patriarche tendre, protecteur, aimant, généreux comme on aurait pu s'y attendre. Plutôt que de rassembler sa famille, il la divisait ; au lieu de la soutenir, il la déstabilisait. Parce qu'il avait perdu sa jeunesse à veiller sur leur enfance de larmes et de cendres, il attendait de ses frères et sœurs bien davantage que du respect. Le cœur détruit par le choc trop violent du décès de ses parents, il exigeait de chacun et à chaque minute un comportement austère, symbole du deuil impossible. C'est ça, il voulait que la flamme du deuil jamais ne s'éteigne. Exaspéré par leurs rires et leurs projets, il n'attendit pas les premiers signes de la vieillesse pour se laisser gagner par l'amertume. Son cœur baignait dans les eaux troubles d'un ressentiment qui faisait fuir sa famille. Moins son téléphone sonnait, plus il grondait, rageait, injuriait.

Flanqué de Gisèle-la-docile, il bossait dix heures par jour, ne se reposant que le dimanche. Sa boutique de costumes et chemises sur mesure marchait très fort, ses clients l'appréciaient vraiment. Car autant il était antipathique avec les siens, autant il choyait ses clients. Un genou à terre, une épingle au bord des lèvres, il les complimentait, s'inquiétait de la santé de leur femme, évoquait leurs enfants en citant de mémoire les prénoms de chacun. Affable, drôle, attentif, en un mot séduisant.

Très près de ses sous, Maurice pouvait faire trois supermarchés pour profiter des meilleures promotions. Chemin de radin faisant, il aura passé sa vie à amasser de l'argent, le compte en banque bourré d'économies et des intérêts des économies. Mais le gros de sa fortune résidait dans la pierre puisqu'il investissait tout ce qu'il ne gaspillait pas dans des studios, des appartements, des places de parking. Les loyers de chacun de ses biens s'entassaient sur toutes sortes de produits rémunérateurs aux noms poétiques que proposait sa banque : le « Plan Azur » ou le « Livret Sérénité ». Sa fortune faisait sa fierté et lui conférait un micro-pouvoir sur une micro-société : sa famille.

Le testament de Maurice, ou la fixette de toute une dynastie d'assujettis au pouvoir d'achat. Dépourvu d'héritier direct, il se sentait libre de désigner le ou les heureux gagnants de la Finkelstein des Jeux.

À la retraite, il quitta Paris pour Mandelieu où le notaire son voisin déchirait quasiment chaque semaine l'ancien testament au profit du nouveau. Selon ses humeurs, de qui avait pris la peine de l'appeler ou pas, le tonton inscrivait ou rayait un nom.

Il appelait ensuite l'élu éphémère de son cœur pour le narguer : d'après le toubib, il ne passerait pas l'hiver, même pas l'automne si ça se trouve. Mais les saisons et les années s'écoulèrent sans que Maurice Finkelstein cède aux sirènes de l'au-delà, aux joies du trépas.

Lobotomisés par le chantage ou plutôt la manipulation, nous avions tous fini par souhaiter plus ou moins insidieusement la mort du doyen. Il était passé vingt-quatre fois sur le billard, pour se réveiller de toutes ces épreuves vaillant bien qu'allégé d'un organe. Ma sœur, Arielle, tenait le registre : « À ce jour, il ne lui reste plus qu'un œil, un poumon et une couille. »

Un seul d'entre nous faisait de la résistance face au jeu pervers de Maurice : mon père, Simon. Beaux-frères et meilleurs ennemis déclarés.

Sarah a épousé Simon, un homme au caractère opposé à celui de l'aîné de ses frères. Parce qu'un jour qu'il faisait particulièrement doux, sortant à peine de l'orphelinat, elle avait rencontré celui qui deviendrait mon père, un brun longiligne qui envisageait la vie comme une farce, au point de croire en un happy end. Depuis, ma mère pleurait moins souvent, elle dansait et voyageait. Elle *s'insouciait*. Maurice fulminait : non seulement sa sœur lui échappait, mais partout où il se trouvait il lui semblait l'entendre rire.

Mon père ne daignait même pas combattre Maurice, cet ennemi brutal, obstiné, aux réactions incompréhensibles. Simon ne rendait pas les coups, il les esquivait en riant. Et mon oncle en face rageait d'autant plus, sa hargne grandissait, il frappait toujours plus fort, affinant ses invectives pour atteindre le cœur. Toujours rien. Mon père fumait le havane la tête en arrière, cherchait le soleil en hiver, attrapait tous les fous rires de passage. Il aimait ses frères et sœurs autant que ses beaux-frères et ses belles-sœurs, et accumulait les amitiés fortes sans jamais lâcher celles de l'enfance.

À l'inverse, tonton Maurice ne captait rien à la fraternité et tirait psychologiquement sur les siens comme sur les ballons multicolores enfermés dans les cages des fêtes foraines, avec une préférence pour les « pièces rapportées ». Si bien que toute ma famille maternelle nourrissait la haine tenace de l'autre, sans raison valable, sur la foi de quelques saloperies distribuées par un aîné intrinsèquement mauvais.

Une famille pareille à celles des villages retirés des bords de la Vologne, où l'on scrute ceux d'en face derrière les vitres encrassées par les postillons de la médisance. L'esprit manipulateur d'oncle Maurice s'y promenait en bras de chemise, et on ne saura jamais si Gisèle-la-résignée suivait son mari ou si Gisèle-la-sournoise gérait en sous-main leur PME spécialisée dans la division. Si on avait enfermé le petit Jérémy dans un sac plastique pour le jeter dans la rivière, nul n'aurait considéré qu'il aurait mieux valu calmer le jeu à un moment.

Moi, en prévision du jour où on devrait en arriver à de telles extrémités, je stocke en permanence de grands sacs-poubelle et de la ficelle.

Quand mon oncle téléphonait chez nous, il raccrochait s'il entendait la voix de mon père, qui lançait alors à ma mère : « C'était ton frère, ce con de Momo. » Mes parents travaillaient ensemble, ils gagnaient très bien leur vie dans l'immobilier, mais cramaient l'argent sitôt encaissé – parfois avant.

Simon aimait bien provoquer Maurice, puis il filait aux Abbesses, café le Vrai Paris, pour raconter à ses copains autour d'un petit crème comment « il est vraiment trop con ce con de Momo ».

Je me suis longtemps demandé si mes parents ne s'étaient pas fait construire une maison de campagne juste pour narguer Maurice.

> MAURICE : On n'achète JAMAIS sa résidence secondaire avant sa résidence principale !
>
> Gagné !

Quand Maurice daignait s'accorder des vacances, du moins un long week-end, il poussait Gisèle dans leur DS Citroën et ils posaient sur la plage la plus laide du monde leurs vieilles chaises pliables et le parasol assorti. Gisèle remplissait la veille au soir des boîtes hermétiques d'œufs durs et de tranches de jambon blanc. Parfois, ils s'offraient un sorbet, mais la plupart du temps ils se contentaient d'une compote pomme-pomme faite maison. Ils programmaient le réveil pour arriver les premiers sur les galets et en repartaient bons derniers – fallait pas gâcher.

Maurice se vantait auprès de ma mère d'avoir passé d'excellentes vacances pour pas cher, pourquoi n'en faisait-elle pas autant ? Sarah racontait sa conversation à son mari qui filait aussitôt au Vrai Paris pour décrire à ses copains par le menu « les vacances de con de ce con de Momo ».

Et, dès le lendemain, Simon réservait des billets d'avion pour une suite de millionnaire dans l'océan Atlantique. Confortablement installé sur le transat d'une plage privée, il rappelait à ma mère l'urgence d'envoyer une carte postale à son frère :

« Chère Gisèle, cher Maurice,

Nous sommes bien arrivés aux Bahamas où le sable est si blanc. Nous vous écrivons de la plage du palace où nous résiderons deux semaines environ. Tiens, le serveur nous apporte des ananas frais découpés. À bientôt. On vous embrasse. Sarah et Simon. »

Message de Maurice sur le répondeur :

MAURICE : Qu'est-ce que t'avais besoin d'aller si loin, tu ne peux pas rester en France comme tout le monde ?

Une carte postale de sable fin = trois mois de fâcherie avec Momo.

Moi, Sophie Delassein, j'étais le juste milieu entre la mélancolie maternelle et de la désinvolture paternelle. À la quarantaine, pour en finir avec cette dualité cheloue, j'avais entamé une analyse. Car, manque de chance ou pas, de l'ensemble des neveux et nièces d'oncle Maurice, j'étais la préférée. J'étais Sophinette ! Peut-être parce que j'avais toujours pris le soin de l'appeler une fois par semaine, privilégiant parfois l'heure de sa balade quotidienne pour déposer un message vite fait sur son répondeur. Car si je tombais sur lui, je m'exposais à des réflexions blessantes sur mon mode de vie : j'avais fait un enfant sans en épouser le père, je gaspillais mon salaire dans un loyer et j'exerçais la profession de journaliste chanson. Un concept abstrait pour un type qui a trimé toute sa vie debout que d'être rémunérée à écouter de la musique, aller au concert, enquêter sur Pierre Perret.

> MAURICE : Quand je pense que t'es payée pour écouter des disques. Y en a qui se font pas chier, quand même.

Quand il m'apercevait à la télévision, j'avais droit à un coup de fil :

MAURICE : Tata et moi, on très fiers de toi. Ah ça ! Dis-moi, ils ne te maquillent pas dans ces cas-là ? T'as mauvaise mine, ça doit être épuisant d'écouter des disques. Ha ha. Et ta sœur, ça lui coûterait trop cher de nous téléphoner de temps en temps ? Elle s'est remariée ?

Lasse de l'affronter, pour l'amadouer je l'entraînais sur un autre terrain en prenant ma voix de quand j'avais cinq ans.

MOI : Sinon, vous avez beau temps mon tonton ?

Oncle Maurice m'obsédait à mon corps défendant, je l'ai réalisé lors d'une séance particulièrement humide chez le docteur des âmes en marmelade. Quand j'ai laissé échapper dans mon kleenex : en plus, mon oncle a encore été horrible.

LA PSY : Le frère de votre mère, celui qui habite dans le Sud ?

Sans m'en rendre compte, j'évoquais mon oncle à chaque parenthèse freudienne que je m'accordais.

Même s'il me hurlait pas mal dessus, je restais sa Sophinette chérie et, allez savoir pourquoi, j'étais convaincue qu'au bout du rouleau les Finkelstein finiraient par me désigner comme leur unique héritière.

3

Fantasme avoué, à moitié pardonné

Je les aimais beaucoup, Gisèle et Maurice, je fantasmais néanmoins sur ce scénario morbide, cupide et inavouable que j'avoue maintenant.

Fantasme. Un matin au bureau, tandis que je stresse devant une épaisse pile de disques à chroniquer, l'écran de mon téléphone indique « Maman » :

SARAH : Tonton Maurice est mort.
MOI : Quoi ? T'aurais pu me prévenir !
SARAH : C'est ce que je fais.
MOI : Oui, mais au dernier moment.
SARAH : Avant le dernier moment, il était vivant.
MOI : Bien sûr, bien sûr.

Je ne l'écoute qu'à moitié, troublée de ne pas ressentir la moindre peine. Je pense testament, je pense « Plan Azur ». Mon esprit se téléporte au bord de la Méditerranée où je baguenaude en riche héritière, robe longue, lunettes fumées, mes bijoux éclairent la surface de l'eau.

Je suis l'inaccessible étoile, je suis Marilyn Monroe qui chante *Diamonds are a Girl's Best Friend* en montant gracieusement les marches d'un palace sous le regard envieux des pauvres. Tout le monde me trouve superbe, et tellement humaine ! En terrasse, j'attends que Claudio, mon serveur aux petits soins, m'apporte une tasse fumante de thé Matcha Impérial.

SARAH : Prenez le premier avion pour Nice, ta sœur et toi. L'incinération aura lieu demain matin.
MOI : Tonton va se faire cramer ?
SARAH : Je le découvre aussi. Visiblement, c'est beaucoup moins cher que le cercueil, la pierre tombale et tout le bazar.
MOI : T'as pas de peine ? Tu réalises que ton frère est mort ? Papa est déjà aux Abbesses ?
SARAH : Tu poses trop de questions.

Ma mère renonce au voyage, elle attend la femme de ménage. Ce serait trop long d'expliquer pourquoi Sarah se fige en position Pompéi quand son aide ménagère doit arriver, et ce depuis la veille. Mon père n'a même pas envisagé de faire le déplacement, il a sonné le rassemblement au Vrai Paris, son PowerPoint sous le bras, afin que ses potes visualisent bien le concept : ce con de Momo a préféré finir en barbecue plutôt que d'investir dans un cercueil. Compte tenu des événements récents, il se demande s'il n'y a pas carrément matière à un séminaire : « De l'absolue nécessité de continuer à rire de ce con de Momo, même post mortem ».

Soudain, j'ai une bouffée de chaleur au bureau ! La préménopause ? Sûrement, mais pas seulement. Je songe : si je n'étais pas la seule héritière, si les autres, les cousins et les cousines qui puent, y avaient droit aussi ? Je nous vois réunis chez le notaire, tous très liés par des querelles familiales ancestrales. Le notaire, avec son profil de major de promo, ouvre lentement le testament du tonton, j'entends le roulement de tambour, comme dans les émissions de téléréalité : « Ce soir, c'est Nathalie qui quitte l'aventure ! » Bien fait pour ta gueule, la tondue !

Ma cousine Nathalie avait épousé Franz, un Allemand que j'avais surnommé Franz Führer, comme ça, pour rire. Au début de leur idylle, ils étaient fiers de participer à leur niveau à la réconciliation franco-boche. Ce qui lui fit un peu oublier à Nath, au fil des ans et des naissances, son côté juif. Le neveu de son mari se chargea de le lui rappeler en traitant l'aîné de ses fils de « sale youpin », comme ça, pour rire. Franz et Nath divorcèrent.

Autre scénario possible. Le notaire nous passe tous en revue, il prend encore son temps pour décacheter l'enveloppe : « Votre oncle, qui chérissait les animaux (WHAT ?), a choisi de verser l'intégralité de ses biens immobiliers et de ses avoirs à Claudio. » Le serveur de l'hôtel ? Non, son poisson rouge.

Ma sœur Arielle quitte la pièce à grandes enjambées, je cavale derrière elle à petits pas, comme quand elle avait dix ans et moi quatre. Attends, j'ai une idée : on adopte le poiscaille et on opte pour une garde alternée.

Au moment où l'avion décolle vers l'aéroport de Nice-Côte d'Azur, j'expose à ma sœur le planning des prochaines heures : on chiale pendant la crémation, on file chez le notaire récupérer les lingots d'or, on se jette avec dans un taxi. Et puis avion. Et puis Paris. On pose une RTT pour procéder au partage.

En arrivant au crématorium, je tombe direct sur Nathalie ex-Führer. Pour mon plaisir et le sien surtout, je lâche : « Charmant ce petit Auschwitz hors les murs ! » C'est bon, elle me déteste. Les cousins et cousines sont déjà là. Dans la mesure où je ne sais plus qui est fâché avec moi, je reste sur la réserve, je toise tout le monde, ma bouche dessine un sourire grimaçant. Dans mon dos, ma sœur Arielle embrasse chaleureusement Laurent, prend Corinne dans ses bras, serre la main de Patrice, tombe en arrêt devant la beauté intacte de Sylvia. Elle distribue les amabilités, les « tu n'as pas changé ! », « qu'est-ce qu'on a pu rire ensemble ! », « tu es ma-gni-fique ! », « quel dommage de se revoir dans des circonstances aussi tristes ! ». Depuis l'enfance, la meuf se croit en campagne électorale. Pour une France qui étincelle, votez Arielle !

Au fond de la pièce, j'aperçois tante Gisèle, la veuve, je l'avais complètement oubliée dans le partage. Je la serre tout contre moi, la rassure sur son devenir : « On ne te laissera pas tomber, tata. » Comprenez : « Je peux bien faire fondre un demi-lingot pour te payer une piaule en EHPAD à condition que tu ne t'éternises pas. » Elle me remercie, me demande de lui garder son Tupperware vide. Aurait-elle profité des flammes pour faire durcir des œufs ?

On a compris que la crémation commençait quand DJ Mort-dans-l'Âme, chargé de l'ambiance, a envoyé : « Allumer le feu. » J'ai cessé de penser au pognon, j'avais la gerbe. Je l'aimais bien tonton Maurice, malgré tout. Il avait un caractère difficile, c'est vrai, mais on pouvait le comprendre : le drame de son adolescence l'avait définitivement empêché d'accéder au bonheur. Tout l'inverse de mon père qui était né avec le goût de la vie que rien n'avait contrarié, et ne comprenait pas qu'on puisse s'en méfier.

Tante Gisèle me réclame son Tupperware, ça tombe bien j'ai faim. Elle disparaît, réapparaît. La cérémonie est terminée, il nous faut la suivre. Des voitures nous attendent, enfin surtout les autres. Ma sœur et moi devons nous démerder en taxi. Nous arrivons devant l'enseigne féerique Lidl, à la sortie de Mandelieu, pour accomplir les dernières volontés du défunt qui souhaitait que l'on disperse ses cendres sur le parking d'un hard-discount.

J'envoie un SMS à mon père qui me répond dans la seconde : *Toi qui connais du monde dans le show-biz, t'aurais pas un contact pour François Berléand ?* Simon, l'agent immobilier, envisage de se lancer dans la réalisation, je crois.

Nous sommes seules, ma sœur et moi, on n'a plus une thune, et pas un distributeur de billets à l'horizon. Pas d'horizon d'ailleurs. Arielle me tend une barquette de tomates cerises Lidl qu'on se partage sur un banc.

> ARIELLE : Maurice a laissé un testament au dernier vivant.
> MOI : Le dernier vivant de la famille, de notre ère ?
> ARIELLE : Gisèle !
> MOI : Donc ?
> ARIELLE : Donc on l'a dans le cul.
> MOI : Pfff ! Qu'est-ce qu'on aurait fait de tout cet argent ?
> ARIELLE : T'en aurais eu plus que moi ou moi plus que toi. Et on se serait disputées.
> MOI : Et là, on l'aurait vraiment eu dans le cul.

Dans la vraie vie de Sophinette, rien de tout cela n'est arrivé. Ça me distrayait d'inventer cette comédie macabre. Ni décès ni succession, donc. Maurice et Gisèle étaient encore bien vivants quand, à l'été 2019, comme chaque année, je suis descendue à Antibes pour des vacances en famille. Rituellement, ma mère et moi passons une après-midi avec mon oncle et ma tante chez eux à Mandelieu. Là, j'ai cinquante ans et demi.

4

Tonton Maurice et Pascal Obispo

Je venais de passer le cap de la cinquantaine. Seules les Valérie, les Laurence, les Isabelle et les Sylvie de ma génération savent qu'on franchit ce check point en rampant, le cabas du Monop alourdi par le cumul des mandats, les souvenirs encombrants, quelques trahisons. D'où l'urgence pour nous d'organiser un déjeuner thématique : nées en 1968.

Rendez-vous au Zimmer, le Costes du Châtelet, afin de feuilleter ensemble le livre illustré des affres du temps qui passe : les règles intermittentes, les parents fragilisés par l'âge, les adolescents exhibés sur Instagram, nos insomnies devenues banales. Avec un quart de Xanax sublingual, on peut espérer s'endormir un jour ou l'autre.

Cinquante ans, l'âge critique où on gère notre quotidien et celui des autres. La génération qui nous précède et celle qui nous succède. Nos parents/nos enfants. Un authentique phénomène de société engendré par l'espérance de vie qui s'étire, si bien que les journaux féminins préconisent de conserver des instants pour soi. Il faudrait même les noter dans l'agenda, comme des rendez-vous avec soi-même, les plus importants de tous. Mais les fadaises imprimées dans *Elle* restent généralement dans la salle d'attente du gynéco. À commencer par leurs conseils beauté : ils peuvent se les mettre au cul.

« Bien profond ! » a surenchéri Isabelle lors du déj. Elle n'en finit pas de se biodégrader depuis qu'elle a découvert, dans la chambre de sa fille de treize ans, un jouet vibrant planqué dans une trousse Pokémon. Enfant, Isabelle avait trouvé l'ancêtre dudit joujou dans le tiroir de sa mère à côté de la VHS du porno *Banane mécanique*. Elle vivait sa réapparition comme une malédiction. Jamais elle ne se disait : je devrais arrêter de fouiller dans les affaires des autres comme une psychopathe. Jamais.

Sa psy, une freudienne radicalisée, ne tenait plus en place : « C'est fascinant de constater que votre subconscient fait le lien entre ces deux phallus, si je puis dire : celui que possédait votre mère et, en miroir, celui de votre fille. » 75 euros.

VALÉRIE : C'est juste que le gode a sauté une génération !
LAURENCE : Qui te dit que ce n'est pas ta mère qui l'a offert à ta fille pour son passage en quatrième ?
SYLVIE : Au lieu d'en acheter un, ta mère aurait pu lui léguer le sien. Ça aurait été fort, symboliquement.

VÉRONIQUE : Tout à fait d'accord. C'est important la transmission, l'héritage.
VALÉRIE : T'as qu'à voir l'affaire Hallyday : rien pour David et Laura.
SYLVIE : Même pas un pauvre petit gode.
VÉRONIQUE : Ce n'est pas à Johnny, mais à Sylvie de léguer le sien à Laura.
VALÉRIE : C'est pas Nathalie Baye la mère à Laura ?

Je restais silencieuse, pensive, non pas à cause du *ground zero* de cette conversation, mais parce que le mot-clé « héritage » avait été prononcé. Le spectre d'oncle Maurice s'invitait à notre table, il allait bien falloir qu'il claque. Je m'imaginais le convaincre d'une voix douce, lui les yeux dans le vague et moi nue sous une blouse d'infirmière (à cause de l'association des mots-clés « banane » et « mécanique »). Avec l'âge, réalité et fantasme se superposent pour former un tout confus.

MOI : Sois raisonnable, tonton, l'immense Charles Aznavour lui-même a fini par lâcher la manette du jeu vidéo de l'existence.
MAURICE : Ahhhhhhh !
MOI : Et voilà, tu baves !

Je n'essayais même plus de chasser ces pensées tordues de mon esprit. Je passais une journée maudite, où…

Où il pleuvait beaucoup.
Où mon fils Robert n'avait « plus rien » à se mettre à 7 h 15.
Où une voisine m'avait coincée au petit matin contre les boîtes aux lettres pour me prévenir de la prochaine AG des copros.
Où il y avait du courrier dans la boîte aux lettres.
Où il y en avait aussi au bureau, il s'ajoutait à celui de la veille.
Où Fabien Lecœuvre voulait *absolument* qu'on se cale une date de déj.
Où mon chef de service m'avait regardée quand il avait demandé : « La machine à café est en panne ? »
Où je m'étais assoupie pendant sa réunion, planquée derrière l'écran d'ordinateur de Delfeil de Ton.
Où Bouygues Telecom me harcelait pour me proposer un forfait mieux adapté à ma consommation.
Où je rêvais d'une autre vie, mais où le soir même j'avais un dîner avec Pascal Obispo.

Ce dîner avec Pascal Obispo en *guest* me donne l'impression de participer à *C à vous*. Il va passer la soirée à rire de tout face à une assemblée médusée. Je décide de me fermer à triple tour, de laisser filer.

À table, à ma droite, je ne sais plus. À ma gauche, un trentenaire fraîchement douché qui m'entreprend, qui m'agresse plutôt : qu'est-ce que tu fais dans la vie ? Je bâcle : journaliste chanson/*Obs*. Lui ? Il est notaire (mot-clé).

Je me redresse, mon regard s'illumine.
Je vois une terrasse et une grande tablée joyeuse.
Je vois un cheese naan dégoulinant de Vache qui rit.
Je me vois descendre l'escalier du Lido, dévêtue de paillettes, en meneuse de revue.
Je vois Samy Frey, époque *César et Rosalie*, sur moi se pencher, m'embrasser, et m'embrasser encore alors que Claude Sautet a crié « coupez ! » depuis longtemps dans son mégaphone.
Je vois du marbre rose et cette inscription en lettres d'or : ci-gît tonton Maurice (et tata Gisèle par la même occase).

MOI : Notaire ? C'était mon rêve quand j'étais petite.
LE NOTAIRE : *Vraiment ?*
MOI : J'adore la paperasse, du simple recommandé avec AR à la déclaration d'impôts. T'as conscience de faire un métier de plaisir ?
LE NOTAIRE : Tu te moques de moi ?
MOI : Un peu. Juste une question : les gens doivent obligatoirement mourir pour qu'on touche l'héritage, ma sœur et moi ?

Je suis restée trop d'années à attendre la fin des haricots, laissant oncle Maurice et sa femme dilapider à loisir leur patrimoine en croisières discount et en charges exorbitantes de leur 100 mètres carrés au centre de Mandelieu : honoraires de syndic, taxe foncière, taxe d'habitation, assurance habitation, eau, électricité, etc. Sans compter les mutuelles, l'assurance-auto et je ne sais quoi encore. Tata Gisèle allait parfois risquer mon futur argent aux machines à sous à deux euros, et chaque fois qu'elle surgissait, j'inspirais fort pour chasser cette pensée négative de mon esprit. Le jour où ils ont annoncé à ma mère qu'ils embarquaient pour un tour du monde, j'ai fait un malaise vagal. La plaisanterie avait assez duré : j'avais cinquante ans, ma sœur cinquante-six. Je me ruai sur Google : « Comment convaincre un proche de mettre gentiment fin à ses jours ? » Réponse mal à propos du moteur de recherche : « SOS Amitié : 09 72 39 40 50 ».

Pascal Obispo rayonnait toujours, genre icône accessible, un peu drôle, pas trop désabusée, exquis malgré les millions de disques vendus en supérette – c'est ce qu'il espérait qu'on dise de lui en sortant. Ça m'indiffère parce que je connais plein de Pascals Obispaux, et je suis surtout tellement préoccupée que j'ai comme coupé le son. Sauf qu'une de ses chansons m'obsède, *Apprendre à aimer*, la seule que je connais de lui, entièrement à l'infinitif. Mais c'est pas Florent Pagny qui chante ça ? Je sais plus. Je m'aperçois que je les confonds depuis toujours, ils fusionnent dans mon esprit. Ils ne font qu'un et je me dis que « un » est nettement suffisant. Je m'apprête à lui poser la question sans conjuguer les verbes pour ne pas le mettre en difficulté : à quoi ça servir que vous être deux alors qu'on ne savoir plus qui de vous deux chanter quoi ?

Je renonce, au cas où ça lui prendrait en fin de soirée de me coucher sur son testament, c'est ce que je me dis en allumant une Vogue Pastel. Oui, je fume à table, dans un restau, car quand tu arrives à t'incruster dans certaines sphères, tu n'es plus soumis aux mêmes lois que les gueux tes contemporains. Rien que pour ça, je n'aurais pas aimé être lambda. Dans ce genre de dîner, t'as le flic des RG honoré de faire sauter tes PV, le toubib qui te trouve un rendez-vous fissa dans les services de pointe des hôpitaux, le chef de cabinet du ministre de l'Éducation qui fait entrer ton cancre de fils à Louis-le-Grand.

Si t'es lambda (déjà, le mot !), tu fumes sur le trottoir sous le crachin comme une catin, t'attends quatre mois pour une IRM, t'as plus un seul point sur ton permis, et quand ton fils se fait virer du public, tu te réjouis qu'il soit admis dans un CAP ouvre-boîte. La suite on la connaît : il échouera sur un rond-point de la banlieue de Limoges, à ouvrir des conserves de flageolets en crachant sur le pouvoir en place tout en encaissant les aides.

Je préfère encore subir Pascal Pagny rien qu'un soir. Et puis, j'ai un notaire à essorer.

MOI : Encore une question relative au kif de la succession.

LE NOTAIRE : Tu lâches jamais ?

MOI : Ta gueule ! Si le type se suicide, ça complique tout ou c'est quand même bon pour notre héritage à ma sœur et à moi ?
LE NOTAIRE : À qui tu penses ?
MOI : À Hitler. Comme il n'avait pas d'enfant, je me demande à juste titre qui a hérité du bunker. Ce n'est pas hyper-facile à revendre, comme tous les biens atypiques, ça manque cruellement de lumière, mais y a quand même de la surface.
LE NOTAIRE : Je vais y aller, j'ai justement une grosse succession à régler demain matin.
MOI : L'extase ! T'es accompagné comment : guitare/basse/batterie ou plutôt électro ?

Y a toujours qu'aux autres que ça arrive les trucs super. Je me sentais un peu au bout de ma vie, heureusement les vacances approchaient. Nous étions en janvier, plus que sept mois à tenir avant la plage, me disais-je en pleurant à l'intérieur de moi. Avec ma mère, comme chaque année au début du mois d'août, on irait rendre visite à tonton Maurice à Mandelieu. Chouette !

SARAH : Comment ça, chouette ?

5

Maurice, période cubiste

Mes vacances débutent vraiment ici, dans le centre d'esthétique de la rue du Mont-Cenis, la rue grise qui longe la mairie du XVIIIe. Cette année, j'ai décidé de passer des vacances au top physiquement.

> MOI : Mettez-moi tout ce que vous avez : jambes entières, aisselles, sourcils, maillot.
> L'ESTHÉTICIENNE : Le maillot : classique, brésilien, sexy ou intégral ?

Question très difficile, je n'aime pas trop quand il y a plusieurs réponses possibles. Quand je passais le Code de la route, on me tendait des pièges pareils et je flippais devant la diapo d'un passage à niveau avec plein de panneaux inconnus dont certains devaient sûrement clignoter. Si j'avais vraiment été au volant à ce moment-là, sûr que le TGV me serait passé dessus et j'aurais fini éclatée au sol comme le chat poissard de Tex Avery. J'ai demandé un maillot « normal ».

Je commençais à me détendre, quand cette vicieuse d'esthéticienne s'est penchée sur mon entrejambe et a fait glisser le bâton de cire chaude vers la zone interdite.

MOI : Qu'est-ce qui se passe ?
L'ESTHÉTICIENNE : Rien.
MOI : Si, il se passe. C'est trop devant, la cire, pour un maillot « normal ».
L'ESTHÉTICIENNE : J'ai compris « intégral ».
MOI : Vous me recollez tout ça ou j'appelle mon avocate spécialisée en droit du poil.

Je me répétais : pas grave/ne regarde pas/pas grave/ne regarde pas. Évidemment, j'ai regardé. J'avais la raie sur le côté façon François Fillon. Je m'interdisais de voir des signes partout, mais c'était obligé. Mes vacances s'annonçaient moitié compliquées/moitié réussies.

Ma copine Lise m'a appelée pile à ce moment-là. Je ne voulais surtout pas lui en parler, mais elle a senti juste au ton morne de ma voix que je vivais un drame inédit. Lise habite à Lyon où elle s'ennuie beaucoup depuis qu'elle a cessé ses consultations pour une raison qu'elle qualifie de majeure, et moi aussi. Douze ans d'études de psychologie pour comprendre qu'elle était dépourvue d'empathie, elle déteste les gens à problèmes. « Ils me les brisent », dit-elle souvent. Lise : le spleen d'Emma Bovary et la gouaille de Jacky Sardou.

LISE : C'est quoi ton plan pour retrouver une coupe de chatte normale ?

Antibes, été 2019. Je me prélasse sur la plage, entourée comme chaque année depuis tant d'années de la famille du côté de mon père : unie, drôle, complice, idéale. Il y a les octogénaires, leurs enfants, les enfants de leurs enfants, etc. Cinq générations de frères et sœurs soudés, de cousins et de cousines tellement proches. Inutile de se faire des amis, on se les fabrique nous-mêmes. Sur notre Facebook familial, on s'envoie des poèmes foireux, des vidéos débiles, des clichés en noir et blanc de nos ancêtres, les photos en couleurs de nos voyages, le faire-part d'une naissance, d'un mariage, d'une bar-mitsva, d'une soirée Bollywood. Quand l'un des nôtres disparaît, jamais on ne s'en remet.

Je gis donc sur mon matelas en plein soleil quand ma petite-petite-cousine, Anouk, cinq ans, m'interpelle avec la douceur qui la caractérise.

ANOUK : Tu te bouges ?

Elle veut que je lui paye un Ice Tea à la pêche au lounge. Peux pas. Ma mère et moi devons remonter nous doucher, nous changer, faire rugir la Mercedes de mon père. Pourquoi ce jour est-il différent des autres jours ? C'est celui de notre visite annuelle à tonton Maurice et tata Gisèle à Mandelieu. La famille du côté de ma mère est déchirée. Inutile de se faire des ennemis, on se les fabrique nous-mêmes. Les nuits de pleine lune, on scie la branche de l'arbre généalogique sur laquelle nos cousins sont assis. Quand y en a un qui tombe, on dit : « Oh, il est décédé. » Tant mieux, on ne l'aimait pas.

Dans la voiture, Sarah est hyper-tendue. « J'aime mon frère, ce con ! » dit-elle en substance. Il faut faire baisser la pression pour parcourir à peu près sereinement les trente kilomètres qui séparent Antibes de Mandelieu, alors j'envoie rituellement la compilation des plus grands succès de Joe Dassin.

SARAH : Comment on va *encore* le trouver, ton oncle ? De mauvaise humeur, à tous les coups.
JOE DASSIN : C'est drôle, tu es partie, et pourtant tu es encore ici.
SARAH : Il y a deux ans, il nous a quand même virées de chez lui. Je te préviens, s'il est trop nerveux, je m'en vais.
JOE DASSIN : Les poussières d'une étoile, c'est ça qui fait briller la Voie lactée.
SARAH : En plus, Gisèle n'a même pas été foutue de me dire dans quel hôpital il est ! Faut passer la chercher, Madame !
JOE DASSIN : On s'est aimés, n'en parlons plus, et la vie continue.
MOI : COMMENT ÇA, IL EST À L'HÔPITAL ? ET TU LE DIS PAS !

SARAH : On est obligés de se taper Joe Dassin chaque fois qu'on va chez Maurice ?

Avenue de la Mer, je sonne en bas. Tata ne répond pas. Bizarre. J'insiste. J'entends la voix d'un type qui dit : « On arrive ! » Je reste là à fixer l'interphone avec des yeux de veau comme devant une équation à deux inconnues. Mon oncle et ma tante n'ont pas d'enfant, ils sont cramés avec toute la famille (sauf ma mère et moi), et selon leurs dires, leurs voisins sont « rien que des cons ». Donc, c'est qui lui ? Comment annoncer à Sarah que sa belle-sœur est avec un homme suffisamment à son aise pour répondre à l'interphone ? Ça se trouve, quand j'ai sonné il avait la tête dans le réfrigérateur : « Gisèle, y a plus de Yop, putain ! »

Je remonte dans la voiture.

SARAH : Elle a déjà un mec ? Elle trompe mon frère alors qu'il est hospitalisé ? Et elle a le culot de me le présenter ? Ça me rappelle...

MOI : Ah non ! On s'était dit qu'on ne revenait plus sur les querelles de famille de plus de trente ans. Y a prescription, non ?

Tata Gisèle finit par descendre, affublée d'un type qui se présente comme le voisin serviable, la petite soixantaine, lunettes rouges, pantacourt et sandales de cuir marron genre gladiateur de Bijou Plage. Pas du tout ma came. Je ne voudrais pas coucher avec lui, même si c'était très bien payé, mais je lui serre quand même la main.

Sur notre arbre généalogique déplumé, Jean-Michel est juché sur une branche annexe, celle des voisins à qui tu peux demander la moutarde que t'as oublié d'acheter pour ta fiesta annuelle « saucisse et pyjama » avec plein de couples d'amis. Cette branche annexe, ma mère va quand même se lever cette nuit pour la scier.

SARAH *(tout fort)* : Je le sens pas du tout, lui.
MOI *(tout bas)* : Le mec entend ce que tu dis.

Jean-Michel s'installe d'autorité à côté de ma tante sur la banquette arrière de la voiture, tandis que les cheveux de ma mère se dressent tellement fort sur sa tête que si on met la main, on se pique.

SARAH : Pourquoi il est à l'hôpital, qu'est-ce qui lui est arrivé à mon frère ?
GISÈLE : Rien de spécial.
JEAN-MICHEL : Maurice est tombé et votre belle-sœur l'a laissé pendant deux jours et deux nuits torse nu devant la fenêtre ouverte sans appeler les secours. Heureusement que j'étais là.

Je connais ma mère, si ce bouffon répond à la place de ma tante, s'il continue à montrer qu'il a le *lead* sur la vieille, les ongles de Sarah vont se transformer en longues griffes noires, comme les mutants dans *X-Men*, le sang va gicler dans l'habitacle et mon père va crier : C'EST LA DERNIÈRE FOIS QUE VOUS PRENEZ MA VOITURE, ELLE EST DÉGUEULASSE MAINTENANT !

Clinique Méditerranée/service gériatrie/ascenseur gris/chambre 418. J'envoie un échantillon de l'odeur au labo : 75 % d'urine, 20 % de poisson bouilli, 5 % ne se prononcent pas. Dès que je rentre à l'hôtel, je plonge dans un bain de gel antiseptique. Je laisse ma tante passer devant. Elle a perdu énormément de poids, ses cheveux sont gris et gras, ses pieds flottent dans ses chaussures. Mon cerveau s'apprête à saisir la gravité de la situation, quand un SMS de Lise interrompt ce long cheminement jusqu'à ma prise de conscience :

> SMS DE LISE : *Tu me donnes des nouvelles de ta chatte ?*

La 418 se situe au bout du couloir, j'ai donc tout loisir de mater les vieux dans les chambres en passant. Plusieurs sont immobiles dans leur lit ou la tête penchée sur leur fauteuil, déjà morts donc, et depuis un bout de temps, mais les gens du ménage n'ont pas encore débarrassé les corps. Cette clinique est très mal tenue ; sous le pseudonyme de landru75, je vais leur mettre une note pourrie sur TripAdvisor et ce commentaire : « L'établissement n'est pas à la hauteur de sa réputation. Les morts peuvent rester dans leur chambre jusqu'à trois jours sans que les gens de ménage daignent les porter à la benne. »

Dans la chambre, le choc. Tonton Maurice est si maigre que t'as beau lui tourner autour, tu ne le vois que de profil. Son voisin, Émile, a aussi perdu sa 3D. Pas con de réunir les patients par affinité de pathologie. Tonton nous reconnaît, mais ce n'est pas facile/facile pour lui.

MAURICE : Ma famille ! On est content de te voir !

Il ne dit plus « je », mais « on », parce que dans sa tête c'est l'heure de pointe. Il y a trois sièges, mais nous sommes quatre et comme d'hab je perds au jeu des chaises musicales. Je m'allonge sur le lit, ma combi-short remonte, Jean-Mich mate ostensiblement mes fesses. Tonton pointe du doigt l'écran de télévision fixé au mur. Un dialogue s'engage avec Émile, son voisin de chambre.

MAURICE : C'est Nagui, il est à Paris.
ÉMILE : Qu'est-ce qu'elle dit ?
MAURICE : C'est Nagui, il est à Paris.
ÉMILE : Qu'est-ce qu'elle dit ?

Euh.

SARAH : Tu vas bien, Maurice ?
MAURICE : On est content, c'est gentil ici.

Ma mère plonge son regard en détresse dans mes yeux mi-amusés mi-affolés. Mi-amusés : je pense à la tête de mon père quand on va lui raconter le bordel, c'est pourquoi je fais un reportage photo. Mi-affolés : je voudrais dire à Sarah que son frère est en effet un peu liquide (il se pisse dessus), pas tout à fait mobile (il est sanglé à son fauteuil), mais aucune inquiétude, il en a vu d'autres. Je vais m'occuper de lui et tout rentrera dans l'ordre. Ce n'est pas exactement ce qui sort de ma bouche.

MOI : Tonton Maurice fait des collages, il vient d'entrer dans sa période cubiste.
GISÈLE : Il est en forme, hein !
JEAN-MICHEL : Vous savez que Maurice a beaucoup souffert : il a été orphelin à quinze ans, contraint de s'occuper de ses petits frères et sœurs.
SARAH *(tout bas)* : Ce con me raconte mon histoire, là ! J'le sens pas, lui.
MOI *(très fort)* : IL T'ENTEND !

Je laisse ma mère étrangler le voisin serviable, et je sors de la chambre pour choper la cheffe du service qui répond au doux nom de docteur Antonescu. Mais la gériatre étant en réunion, puis ensuite en réunion, une infirmière en profite pour me tendre un long formulaire avec plein de cases à cocher. Abrutie, je la laisse me guider, notant mot pour mot tout ce qu'elle me dicte. Ainsi, je coche sans broncher la case qui stipule que si tonton Maurice devient un légume, j'autorise le corps médical à l'achever. L'affaire Vincent Lambert a soulevé un débat sociétal passionnant et indémerdable, avec les « pour mourir dans la dignité » et les « contre l'euthanasie ». Je l'ai suivi en pointillé sur les chaînes d'info continue, ma cuillère plantée dans un pot de glace aux pépites de chocolat, en me demandant si ça me plairait de passer une dizaine d'années couchée, la tête penchée, la langue pendante. Peut-être que le mec était à la coule : finis les corvées ménagères, les embouteillages, la file d'attente interminable à la poste, les nouveaux nouveaux looks de Nicola Sirkis.

Il était cinglé ce débat. Parce que si y avait bien quelqu'un qui faisait pas chier, c'était Vincent Lambert ! Pourtant, sa femme voulait le buter, son frère voulait le buter, la justice voulait le buter. Il y a eu des manifs pour le buter. Sur les réseaux sociaux, quand on a fini par le buter, j'ai lu des centaines de commentaires d'anonymes en joie : « Enfin ! », « Pas trop tôt ! », « Bien fait pour ses connards de parents », « Des mois que j'attends ce moment ». Certains s'adressaient au défunt en le tutoyant : « RIP Vincent Lambert, on est tellement heureux pour toi. »

J'aimerais bien que les mêmes mettent autant de bienveillance et de force de conviction pour éliminer tonton Maurice afin que ma sœur et moi puissions nous acheter une voiture neuve, de la bouffe bio, des voyages sur Booking.com. Mais, évidemment, y a plus personne, alors que contrairement à Vincent Lambert qui n'élevait jamais la voix, Maurice Finkelstein a passé l'essentiel de sa vie à vociférer. Je sais pourquoi les gens se défilent : mon oncle est juif, ils ont peur qu'on imagine que l'homicide puisse être motivé par l'antisémitisme. J'aimerais leur dire que ce n'est pas *du tout* ce qu'on pensera. Voilà, quoi.

À la clinique, mon oncle dialogue avec Nagui à Paris, Jean-Mich-Mich chope mon 06 d'autorité, ma tante rentre chez elle en trottinant dans ses grolles immenses. Sur la route du retour, ma mère est si éprouvée qu'elle réclame Joe Dassin. Sans protester, nous le laissons enchaîner *Cécilia*, *Le Café des Trois Colombes* et même, mais alors exceptionnellement, *Siffler sur la colline*.

JOE DASSIN *(feat)*. SARAH : Zaï, zaï, zaï, zaï.

Le soir même, nous sommes en famille (côté père), une quarantaine sur la plage pour fêter les dix-huit ans de mon petit-cousin, Alf, dans un restaurant sur le sable. Thierry, mon cousin de trois ans mon aîné, me chope pour que je lui raconte tonton Maurice par le menu – il ne le connaît pas. Ça va très vite dans la tête de Thierry qui engrange toutes les informations que je lui fournis, les passe dans son shaker et conclut :

THIERRY : Commence à te faire à l'idée que tu vas *très bientôt* toucher beaucoup, beaucoup d'oseille.

Un magnifique feu d'artifice éclate, je regarde tomber sur la mer les poussières d'étoiles qui font briller la galaxie. En attendant *très bientôt*, j'envisageais de placer Gisèle et Maurice en EHPAD, à Paris, en dépit des a priori que j'avais sur ce type d'établissement à cause de l'épopée d'Hector que j'avais vécue quelques années auparavant.

6

L'épopée d'Hector

Dans ma jeunesse, Hector et Josette étaient nos voisins du dessous – nous au 3, eux au 2. Quand j'écris le prénom Josette, j'ai l'impression que tout le monde la visualise aussitôt. De taille moyenne, les cheveux gris et fins ramassés en une queue-de-cheval basse. Sur ses épaules, par-dessus sa robe aux rayures usées, elle pose un chandail sans passer ses bras dans ses manches. Elle se déplace en faisant claquer les semelles de ses mules Scholl. Son intérieur ? Une tapisserie florale dans son jus, l'odeur des endives au jambon gratinées ne fait pas bon ménage avec les effluves de tabac froid des cigarillos Voltigeurs de son mari. Elle équeute les haricots verts sur les pages d'un vieux *France Dimanche.*

Josette ou la province à Paris.

Avant leur mariage, des enfants sont nés de plusieurs lits, avec lesquels ils entretiennent des relations plus ou moins fluides. Il y a quand même du monde autour de leur table le dimanche midi.

Quand je suis devenue assez grande pour noter leur présence dans l'immeuble, ils me sont apparus comme des vieux ordinaires, attachants. Plus tard, j'ai su qu'ils avaient sacrément vécu, pas toujours dans les clous. Sur eux, on racontait des fables incroyables que je n'ai pas retenues.

Hector montait le son de la télé tellement fort que j'entendais très distinctement depuis ma chambre le générique de *Des chiffres et des lettres*.

Sa femme montait parfois chez nous le dimanche après-midi boire le café avec ma mère. Dans sa conversation fleurissaient des expressions tombées en désuétude, comme *et patati et patata*. Elle parlait assez fort, elle devait être un peu sourde elle aussi. Dans ces conditions, difficile de me concentrer sur mes devoirs. Puis-je pour autant imputer à celle que j'appelais Josy tous mes échecs scolaires ?

De retour du cours primaire, du collège, du lycée, je gravissais les escaliers en tendant machinalement une oreille à leur porte. Je les aimais bien, les remettre au présent m'émeut beaucoup.

Ainsi passèrent les mois et les années sur le décor floral, le cuir du Chesterfield et leurs propriétaires qui prenaient de l'âge sans effets spéciaux, sans l'ombre d'une intrigue, d'un rebondissement.

Y a-t-il vraiment matière à revenir sur leur histoire ? On s'ennuierait à raconter cette épopée de rien s'il ne s'était produit tardivement une série d'événements qui donne à mon récit l'épaisseur voulue.

Un jour…

Un jour, Simon fait observer à Sarah qu'il n'entend plus la télévision d'Hector. Depuis combien de temps ? Aucune idée, mais ce silence inhabituel ne lui dit rien qui vaille. Il ne le sent pas. Ma mère ajoute que Josette a laissé passer plusieurs dimanches sans poser son cul sur son canapé. Bizarre, en effet. Avaient-ils migré plus longtemps que d'ordinaire dans leur appartement au bord de la mer ? Peut-être, mais peut-être pas. Auraient-ils décidé d'un voyage impromptu au Mexique ou aux Antilles ? Question nulle qui fait perdre du temps à tout le monde. Hector était souffrant, mais bien sûr ! Et puis non, Josette aurait averti les voisins proches.

Y avait donc un loup, pis y avait une merde.

Mon père, attaché à Hector comme à un vieil oncle, descend d'un étage, Josette entrouvre la porte sur la question qu'elle redoutait visiblement, vu son air penaud, son regard qui descend vers ses Scholl : comment va Hector ?

Tellement mal ! Ce n'était plus possible. La vieillesse, la démence. Qu'est-ce que tu veux que je te dise, j'ai été obligée de…

Elle l'avait fait passer pour sénile, arguant qu'il perdait la tête et le reste. Avec la complicité du médecin de famille, elle avait réussi à envoyer son vieux mari à la casse, quelque part loin de Paris. On n'a jamais vraiment compris cette nécessité soudaine de le bazarder, chacun y allait de son explication. Hector était périmé ; Josette voulait vivre pleinement son aventure avec le voisin du rez-de-chaussée. Pour moi, il ne faisait pas de doute que l'haleine de chacal d'Hector faisait obstacle à l'amour éternel.

Mon père contient au fond de son âme toute la bonté du monde, mais faut pas le chercher. Et là, Josette avait objectivement déconné.

Il demanda à aller rendre visite à Hector ; elle fila de mauvaise grâce l'adresse de l'établissement. Le tout sur le pas de la porte.

L'un des fils d'Hector, Jean-Rémy, celui qui se prend pour un Américain, ignorait tout des manigances de sa belle-mère. Mon père l'en informa et passa le chercher. Voilà sa Mercedes gris métal lancée sur les routes départementales, la carte de la région étalée sur les genoux du Jean-Rémy en question.

Quelques heures plus tard, les pneus crissent sur les graviers, freinent devant l'établissement qui devait s'appeler les Flots-Bleus ou un truc dans le genre. Dans une séquence au ralenti à la Sergio Leone et le silence menaçant qui l'accompagne, ils claquent les portières, prêts à en découdre avec le patron du saloon si besoin. Ladite maison est entourée d'une campagne lugubre, comme ces lieux d'où tu sors les pieds devant, libérant enfin un lit pour le croulant en pole position sur la liste d'attente. Ici, t'es prêt à transférer l'intégralité de ton PEL sur celui de la mort si elle s'engage à venir te cueillir avant le week-end.

Assis sur son lit, Hector jadis affable, flamboyant même, n'est plus qu'une petite chose ratatinée, le regard dans le vide, T-shirt sale et charentaises moches. En un rien de temps, il a pris vingt ans.

SIMON : Qu'est-ce que tu fous là ?
HECTOR : Je sais pas.
SIMON : Habille-toi, on te ramène chez toi.
HECTOR : Mais, mais...

Le vieux remballe ses affaires, son fils fait le guet, mon père met le contact.

Les pneus recrissent sur le gravier. Ils se tirent dans un nuage de poussière, indifférents aux balles du shérif qui sifflent et aux pur-sang qui galopent à leurs trousses. La route du retour défile, les chênes en enfilade de part et d'autre, le soleil leur fait un clin d'œil. Par le rétroviseur, mon père regarde Hector revivre à l'arrière, lui passe un havane sous tube, et la voix d'Elvis Presley chante : « Well, it's one for the money / Two for the show / Three to get ready / Now go cat, go ! »

Deuxième étage. À l'intérieur, Josette s'approche de la porte en priant pour voir apparaître des huissiers en noir, les pompiers pour leurs étrennes, des Témoins de Jéhovah, le type du rez-de-chaussée sur lequel elle fantasme mollement. Mais elle assiste, désespérée et honteuse, au retour de son mari, l'œil revanchard, flanqué de ses gardes du corps. Hector is back. « Well, you can do anything / But stay off of my blue suede shoes ».

Quelques semaines plus tard, le scénario se reproduit. Le silence louche qui émane du deuxième, la tête déconfite de Josette, le fiston à la place du mort et le vieux voisin à l'arrière dans le rôle de l'évadé récidiviste de l'Alcatraz des corps encombrants.

Hector a fini par partir pour ne plus revenir. Un matin, il est tombé dans les escaliers. Mort. De son enterrement, je ne me souviens que du fou rire nerveux et incompréhensible qui m'a secouée tout du long, impossible de me calmer. Je me cachais derrière ma sœur qui levait probablement les yeux au ciel, agacée mais résignée, tellement elle en a marre de moi : je ne sais pas me tenir.

Et après ?

Cette fois certaine de ne plus voir réapparaître son mari, Josette a rendu l'appart de Paris à son propriétaire, elle a vendu celui du bord de mer, s'est acheté une bicoque dans un lotissement quelque part autour de La Rochelle, la ville de son enfance. Elle avait alors plus de soixante-dix ans, le dos un peu voûté « semble porter des souvenirs qu'elle a dû fuir », comme disait un poète cher à mon cœur. Il lui manquait une dent sur le devant, une autre sur le côté, et son ouïe baissait, baissait, baissait.

La Charente-Maritime n'avait pas anticipé l'arrivée de l'ouragan Josette sur ses côtes sauvages. Car même si elle ressemblait désormais à ce que je viens de décrire, son ineffable pouvoir de séduction restait intact. À son installation, les voisins curieux, leurs frères, leurs cousins, leurs femmes et leurs enfants vinrent se présenter. Dont Jean-François (ses parents n'avaient pas réussi à trancher sur le prénom) et sa femme Marie-Odile (idem), la cinquantaine. Lui tenant une poissonnerie mobile, elle le logis. Des gens dont l'Histoire ne retiendra rien, mais qui ne vivaient pas si mal depuis l'invention du crédit à la consommation. Ils avaient quelques fils, deux ou trois, je ne sais plus, qui se disputeraient un jour l'entreprise familiale.

Jean-François avouera qu'il a eu, je cite, « le béguin pour la Josette à la minute où il l'a vue descendre de la camionnette avec ses cartons ». Depuis, chaque jour, il trouvait un prétexte pour la visiter : besoin de sel, de poivre, de beurre, de *Télé 7 Jours* et son supplément mensuel *Télé 7 Jeux*. Besoin de rien finalement, sinon de la regarder préparer la chicorée, tremper la cuillère en bois dans la soupe, passer le balai, et patati et patata. Un de ces jours, il remarqua qu'elle avait mis du rouge sur ses lèvres, et même si ça dépassait un peu, le message était clair. Il l'embrassa et la porta jusque dans la chambre. Je pourrais décrire précisément ce qui se passa derrière la porte, mais je préfère la fermer (la porte *et* ma gueule), par égard pour la beauté du geste, par respect pour la mémoire du défunt Hector.

Derrière les vitres, l'orage éclatait, car tout le lotissement s'offusquait de l'adultère de la rue des Carmes, de ce « couillon de Jean-François » et de « l'autre Parisienne, là ». Marie-Odile jeta son futur ex-mari dehors comme un clébard, leurs enfants commencèrent à picoler et les villageois se mirent au régime sans poisson.

Mon père a fini par se réconcilier avec Josette, et chaque fois qu'ils s'appelaient, pour un anniversaire ou la bonne année, il ne manquait jamais de lui faire remarquer qu'elle était quand même mieux à vivre d'amour et de mots fléchés chez elle, dans sa cuisine, dans sa région. Plutôt qu'aux Flots-Bleus.

7

« Rescue uncle Maurice »

J'intitule ma nouvelle mission « Rescue uncle Maurice » – traduction : « Sauver tonton Maurice ». L'objectif : qu'il vive le plus longtemps possible, a minima dans la dignité, et ce jusqu'au bout. Je prends cette décision en dépit des voix contraires.

> LES VOIX CONTRAIRES : Tu nous pètes les couilles sur trois chapitres à vouloir enterrer ton oncle pour rafler l'héritage, et d'un coup tu lui fais du bouche-à-bouche !
> MOI : Beurk.

Il me faut retourner à Mandelieu pour régler un tas de choses, dont le transfert de Gisèle et Maurice vers Paris. Le plus simple et raisonnable est de les installer dans un EHPAD à côté de chez moi. Ça se prépare. À la fin du mois d'août, j'attaque la rentrée à mon poste de journaliste chanson à *L'Obs*, mais mon chef de service, Jérôme Garcin, très sensible à ma galère du moment, m'autorise à retourner sur la Côte d'Azur. Je monte dans le premier TGV Paris-Cannes pour un trajet interminable, puis un taxi m'éjecte à destination sur les coups de 21 heures. Je n'ai mangé qu'une seule barre de Twix de la journée, je souffre d'une méchante bronchite, mon bronzage vire au gris.

Ma tante m'installe dans la chambre d'amis – ils n'ont pas d'amis, mais bref. Je me fraye un chemin entre des meubles encombrants, des journaux périmés du temps où Gad Elmaleh flirtait avec Charlotte de Monaco, des sacs plastiques vides froissés, un écran cathodique à l'agonie, une lampe à huile, trois valises en dur, deux lits jumeaux aux draps fleuris. Je dors chez Louis la Brocante. J'ouvre la baie vitrée parce que ça pue. J'ai faim et tata Gisèle n'a rien d'autre à m'offrir que deux citrons cueillis sous René Coty et quelques croûtons de pain rassis qui débordent d'un saladier. « On ne jette pas le pain », dit-elle, soudain très ferme. OH, TU TE CALMES.

Je vide ma valise-cabine en quête de la barre de Twix jumelle, celle que je n'ai pas mangée dans le TGV. Introuvable. Je me cale avec quelques gorgées de mon épais sirop contre la toux. Oui, j'en suis là. Toutes les cinq, six minutes, tata passe une tête par ma porte.

GISÈLE : T'es là, ma chérie ?

Elle se demande ce que je fous là. Moi aussi.

Plus je m'enfonce au cœur de la nuit, plus je deviens parano, plus je suis convaincue qu'elle m'a chourave ma barre de Twix quand j'ai fait une halte aux toilettes. Je suis contrainte à la réclusion, puisque chaque fois que je m'aventure au-dehors je trouve tata Gisèle derrière mon cul. Je ne peux pas faire un pas dans l'appart sans voir trottiner à mes trousses cette petite fille aux cheveux gris, perdue dans sa chemise de nuit trop longue et trop large.

GISÈLE : Tu fais quoi, ma chérie ?

Il y a un personnage pareil dans *Amityville, la maison du diable*, un film d'horreur que j'avais vu quand j'étais petite, l'histoire d'une gamine qui ne se sépare jamais de sa poupée de porcelaine. Je me souviens d'une scène où, subitement, la poupée ouvre grand ses yeux qui étaient fermés depuis le début du film et du sang coule de sa bouche. Avec sa voix d'enfant de salope, elle me regarde et dit : « TON AVION VA DISPARAÎTRE DANS LE TRIANGLE DES BERMUDES, TU VAS MOURIR ET ON NE RETROUVERA JAMAIS TON CORPS DÉCHARNÉ ET Y AURA PAS D'AUTOPSIE. » Je ne suis pas hypertrouillarde d'ordinaire, mais là j'ai fait caca culotte.

Je n'ai jamais passé une minute en tête à tête avec ma tante, mon oncle a toujours trusté tout l'espace avec sa stature de colosse, sa voix qui porte, son aptitude à bousculer son monde. J'ai l'impression que tata Gisèle et moi-même faisons connaissance au cours de ce rendez-vous improvisé, accidentel. Je lui annonce que, dès le lendemain matin, nous irons à la clinique pour nous entretenir avec la gériatre et l'assistante sociale. VA DORMIR, AUTREMENT DIT.

Back to Méditerranée Clinical, ses odeurs indéfinies, ses corps au ralenti. Je passe embrasser mon oncle, ma bataille. Le corps harnaché à son siège/son esprit en goguette/sa méchanceté évaporée. Il m'offre un sourire d'une infinie gentillesse inconnue à ce jour. Quelle est cette pathologie qui rend les gens plus doux ? « On est très content », répond-il invariablement à toutes les questions que je lui pose. Quid d'Émile, son voisin de chambre ? Plusieurs hypothèses : 1. Il fait sa séance de kiné. 2. Il se cache sous son lit pour nous faire une blague. 3. Il est tout bonnement décédé.

Quel dommage, j'avais imaginé un jeu rigolo pour faire passer le temps. Le premier qui se pisse dessus a un gage : finir son poisson bouilli ou tripoter les seins d'une aide-soignante sans s'en prendre une. Si, ça peut être marrant ! Une femme en blouse blanche, farouche opposante au régime sans gluten et à la main au panier, fait irruption au moment où je hurle penchée sous le lit : « T'ES RELOU, ÉMILE, ON T'ATTEND POUR JOUER. » Elle m'invite à la suivre jusqu'à son bureau.

DOCTEUR ANTONESCU : J'ai peu de temps. M. Finkelstein a un Alzheimer très avancé, sévère, à l'IRM son cerveau rabougri comporte de nombreuses lésions. Avant d'arriver chez nous, il a séjourné

à l'hôpital de Grasse où on a détecté une bronchite avec des convulsions. Si ça lui reprenait chez nous, je vous préviens, on ne le réanimerait pas.
MOI : J'ai bien vu que tonton avait de la fuite dans les idées... Pas mal la formule, non ? Je l'ai trouvée cette nuit, vu que j'ai peu dormi à cause de la poupée qui saigne.
DOCTEUR ANTONESCU : M. Finkelstein ne peut pas rester ici pour l'éternité, c'est pas l'hôtel, c'est pas l'EHPAD, et il ne rentrera pas chez lui non plus puisque son épouse a été déclarée inapte à s'en occuper. Nous avons envoyé une mesure d'urgence au tribunal dans ce sens.
MOI : J'ai combien de temps pour résoudre l'irrésolvable ?
DOCTEUR ANTONESCU : Deux semaines maximum.
MOI : Vous avez un accent cassant charmant, je parie que vous êtes roumanaise.

Niveau vocabulaire, je tape à côté. J'ai peut-être pécho un Alzheimer moi aussi.

Ni à la clinique ni chez lui : elle est mignonne la grosse, mais j'en fais quoi de tonton Maurice, moi ?

Le docteur Antonescu m'éjecte de son bureau, je la remercie (mais de quoi ?), et file chialer dans les jupes de l'assistante sociale. Comment elle s'appelait déjà dans *Pause café* ? J'AI ALZHEIMER !

L'ASSISTANTE SOCIALE : Vous avez vu le docteur Antonescu ?
MOI : La fille de Ceaușescu ? Ouais, elle attend que mon oncle crève pour libérer un lit.
L'ASSISTANTE SOCIALE : Nous avons un problème délicat avec votre tante. Elle vient tous les jours à midi pour dévorer le plateau-repas de votre oncle.
MOI : Attends, tu sais pas la meilleure ? Elle s'envoie mes Twix quand je suis aux toilettes ! Si y a une stratégie pour la sortir du *game*, je suis des vôtres.
L'ASSISTANTE SOCIALE : On lui donne des compléments alimentaires, car elle nous a confié qu'elle était sans le sou.

HAHAHAHA. Gisèle Finkelstein n'a pas d'argent. À mon avis, elle a même pensé à faire une offre immobilière sur la clinique. J'ai arrêté de débiter des conneries dans ma tête et annoncé qu'on prévoyait, ma mère, ma sœur, pas mon père et moi, de placer Momo et sa femme dans un EHPAD, à Paris, près de chez nous. Ils reprendraient du poids, des forces, des couleurs vives. Les voix contraires m'ont demandé ce que je foutais, j'ai fait celle qui n'entendait pas. Il venait de me pousser une auréole dorée au-dessus de la tête et des ailes blanches dans le dos, je bénissais les vieux dans les couloirs, un sein à l'air et l'Enfant Jésus dans les bras.

Tata et moi sommes rentrées à l'appartement, j'ai commandé des sushis et des mangues fraîches. Il y a quelques années, tonton Maurice me faisait promettre de m'occuper d'eux si ça tournait mal. Il classait ses papiers, tout serait bientôt au clair. Dans son bureau, en effet, chaque dossier porte une étiquette. J'ouvre des enveloppes à l'abandon depuis des semaines, des mois peut-être, dont le dernier relevé bancaire sur lequel je découvre une somme suffisante pour régler les loyers d'une maison de retraite pendant plusieurs années. Il a tout prévu. Ça m'émeut et m'apaise.

Je me couche vers 20 heures, comme les vieux, pour m'endormir aussitôt. Là, énorme coup de bol, je fais mon rêve récurrent préféré. Celui que je n'ai jamais raconté à ma psy, elle aurait considérablement augmenté le tarif de la consulte. Mon rêve récurrent préféré : je marche sur l'avenue Montaigne sapée comme Néfertiti quand elle sort, je tiens deux chameaux en laisse. Sur mon passage, les gens lancent des fumigènes. Je tape une crise devant la boîte, le Samovar : mes chameaux ne figurent pas sur la liste des VIP ! Nous entrons finalement, parce que je connais quelqu'un qui connaît la fille de Brigitte Macron. Sur la piste, un de mes ex dont j'ai oublié le prénom danse avec un flamant rose, tandis que dans un coin sombre Jean-Michel, le voisin serviable, fouille le sac de tante Gisèle. Je m'installe à une table pour écrire une chronique sur Vincent Delerm, quand mon mari, l'empereur Akhenaton, envoie du rap marseillais aux platines. La soirée vacille. Trou noir. Par-derrière, un type m'a assommée avec un lingot d'or, j'ai le crâne ouvert et c'est la honte car tout le monde va voir ce qu'il y a à l'intérieur, en particulier ma fixette sur l'héritage Finkelstein.

À mon réveil, j'ai la gerbe, mais je comprends pourquoi tata me colle. Elle a caché des lingots dans l'appart, elle a peur que je les trouve.

Je passe une tête dans sa chambre. Elle dort. Je cherche, cherche encore, et comme je ne trouve rien, je retourne dans la mienne sur la pointe des pieds, quand soudain dans le couloir la lumière s'allume.

MOI : AHHHHH !!!
GISÈLE : T'es encore réveillée, ma chérie ?

J'ai décroché le premier rôle féminin d'un film d'horreur familial, la suite d'*Amityville* peut-être.

8

Maurice, Émile et le journaliste chanson

Je ne connais pas le scénariste de ma vie. Si je le croisais un jour, je lui demanderais pourquoi il a décidé que je deviendrais à cinquante ans l'inverse de ce que j'étais à vingt. La nuit/le jour. L'insouciance/l'anxiété. Le cancre/la consciencieuse. Que lui est-il passé par la tête, où veut-il en venir ? Il m'est arrivé de considérer qu'il s'en remettait trop au hasard, je l'ai trouvé paresseux parfois, trop dur avec moi ou au contraire très conciliant, me privant de tout ou m'apportant mes jouets avant Noël. Un drôle de type, totalement imprévisible, un authentique cyclothymique. Ces dernières semaines, je l'envisage différemment, je lui trouve même du génie. Soit il a pris une maîtresse, soit il s'est mis à la coke. Soit les deux. Il y a du génie dans l'épisode « Rescue uncle Maurice ». Il ne donne pas de sens à ma vie, mais une épaisseur certaine. Si je grossis le trait, je dirais que mon existence se divise en deux grands axes : ma famille et mon travail. Ce train-train déraille parfois, souvent, en bien/en moins bien/en dramatique, mais il y a globalement de l'huile dans les rouages.

Beaucoup de choses ont changé depuis mon arrivée triomphale à Mandelieu au volant de la Mercedes de mon père, avec ma mère et Joe Dassin, ma tante et le voisin serviable, mon oncle et ses visions néocubistes. J'ai découvert le monde parallèle de la gériatrie, la vieillesse et son naufrage, les maladies dégénératives, incurables, fatales, et l'indifférence (ou la répulsion) qu'elles suscitent. J'ai découvert les infirmières et les aides-soignantes[1], qui traînent leurs semelles dans les couloirs, dans des uniformes plus ou moins difformes, travaillant dans la puanteur avec des vieux qui ne sont même pas les leurs et qu'elles supportent vaille que vaille, auxquels elles s'attachent sans doute, parfois.

Tous les jours.

Tous les jours je prends le métro pour me rendre au bureau en plein Paris, j'insère ma capsule Nespresso dans la machine Nespresso, et on discute de musique, de films, on se raconte nos week-ends en Normandie. Tous les jours elles vont à la clinique, elles échangent 80 centimes contre du jus de café/gobelet et elles entament la tournée des croulants, distribuent les médicaments, dégainent gants et savons, donnent les mêmes réponses aux questions cent fois rabâchées.

1. J'ai vu peu d'hommes dans cette profession.

Tous les jours.

J'ai laissé tata Gisèle en larmes, désespérée de me voir rentrer à Paris. Et tonton Maurice très content, avec Émile à ses côtés et Nagui à la télé. J'ai promis à ma tante de revenir les chercher le plus vite possible, elle et son Alzheimer de mari. Je n'étais pas non plus au top en la quittant. J'ai totalement omis de rafler les bijoux alors que j'aurais fini par trouver leur cachette, c'est dire ma tristesse. D'autant que je n'étais pas certaine de réussir à les installer dans un EHPAD de mon quartier. Une tâche monumentale qu'avait imaginée mon scénariste personnel après un orgasme de plus et un rail de trop.

À Paris, j'ai repris ma routine métro-boulot-Nespresso. Sans y être. J'écoutais les disques de la rentrée en faisant défiler sur mon téléphone mes photos de vacances. L'Italie et la Côte d'Azur, mon fils Robert sur fond bleu, le feu d'artifice sur la plage avec les cousins, tonton Maurice en Pampers. C'était marrant parce que, sur cette dernière, on voyait Émile au fond et j'imaginais qu'il faisait le con alors que pas du tout. Je n'écoutais plus la voix de Michel Jonasz dans mon casque. Incapable de me concentrer sur son nouvel album, je me demandais si je devais aussi ramener Émile, je ne me sentais pas de l'abandonner en gériatrie. Avait-il une famille ? De là, j'ai pensé réunir tous les vieux de la clinique Méditerranée, affréter un car avec des sièges étanches, un open bar de compléments alimentaires et la gouaille de Mistinguett à fond qui chante *Paris est une blonde*, et nous chantons avec elle. De là, j'ai imaginé ouvrir dans un quartier branché un EHPAD 100 % subventionné et haut de gamme, en tout cas différent des autres, entièrement fumeur, avec des distributeurs de Mojito et de bois bandé, un tripot, un home cinéma et une boîte échangiste. Les vieux retrouveraient le sourire, ils ne voudraient plus jamais mourir. De là, j'ai imaginé que ma sœur et moi on n'hériterait pas, et j'ai laissé tomber ce projet.

Je me suis péniblement reconcentrée sur les chansons de Jonasz. Quand, soudain, j'en ai entendu une qui s'intitulait *La Maison de retraite*, justement. Une fois encore, tout me ramenait à tonton Maurice. Mais ce scénariste ! Ça m'a rappelé l'absurdité de la scène qui s'est déroulée dans la chambre 418 de la clinique, le matin même de mon départ. Tonton Maurice et Émile étaient particulièrement en forme. Ils avaient envie de discuter, moi aussi. Et même si les mots sortaient de leurs bouches comme le porno crypté sur Canal Plus des années quatre-vingt, la communication s'établissait vraiment. Tata Gisèle souriait en nous voyant aussi volubiles, heureux en somme.

Flash-back :

MAURICE : Tu t'en vas toujours avec tes articles ?
MOI : Comment ? Ah ! oui, je suis toujours journaliste chanson.

ÉMILE : Elle dit quoi ?
MAURICE : On sait pas.

Comment expliquer avec des mots simples la fonction d'un journaliste chanson ? Nous sommes cinq ou six en France à avoir chopé ce bon job. Je ne suis pas étonnée d'en faire partie, j'ai de l'ambition, une haute idée de moi-même, un esprit de compétition indéniable, une rage incommensurable. Elle me vient, je pense, de la première heure du premier jour de la première année de maternelle, quand le maître m'a confisqué la tiare que je portais H24, faisant de moi une princesse déchue. « Je vais te niquer », m'étais-je dit en entrant à contrecœur dans le rang, dans le préau, sous le portrait officiel du président Pompidou.

Au manège, cette rage me poussait à décrocher le pompon qui offre un tour gratuit. Les yeux injectés de sang, je le brandissais à la barbe du morveux sur Dumbo et de la blondinette à califourchon sur la girafe : « Je vous ai bien niqués, bande de nazes ! » J'avais trois, quatre ans.

J'ai la vocation du métier de critique. Une fois, la maîtresse avait exposé les cinq « plus beaux » dessins de la classe, dont pas le mien. Je l'avais prise à part pour lui dire que je trouvais cruel de sa part d'encourager ces morveux, leurs dessins c'était vraiment de la daube. Là, j'allais sur mes six ans.

Vers neuf, dix ans, j'ai su que je passerais ma vie à bousiller la vie des chanteurs. Ma sœur Arielle, qui en avait six de plus, faisait la tournée des boîtes de nuit. Moi pas (trop jeune). Alors, le samedi soir, en pyjama Goldorak, je regardais les émissions de Maritie et Gilbert Carpentier. Je me souviens d'un *Numéro un Carlos*, avec Jane Manson, Chantal Goya et Dave je crois. Tout le monde s'éclatait, pas moi : ma sœur en boîte, et les autres avec *Le Bougalou du loup-garou*. J'ai longtemps attendu mon heure, mais je me suis bien vengée. Pas sur ma sœur, mais sur les chanteurs de la télé. Carlos, de loin le plus clairvoyant, a préféré décéder avant que j'arrive au *Nouvel Observateur*.

Je me tourne vers Émile. Qu'est-ce qu'un journaliste chanson ? me demandes-tu. En semaine, vers 8 heures du matin, le journaliste chanson bouscule des gens dans le métro qui, contrairement à lui, ont un vrai travail, avec de vrais horaires, de vrais objectifs et un vrai supérieur hiérarchique – et pas un rédacteur en chef qui marche dans la forêt le week-end en déclamant des vers de Paul Éluard. Pourquoi le journaliste chanson est-il si pressé, si stressé ? Il doit écouter le prochain album d'Étienne Daho dont il a exigé un exemplaire par coursier deux mois avant sa sortie. Il se fait péter une capsule de Volluto, ajuste son casque et déplie l'argumentaire de la maison de disques qui stipule que « le Dieu vivant de la pop française » l'a enregistré à Londres, aux studios Abbey Road des Beatles, sous la houlette du producteur Wil Malone, qui a notamment travaillé avec The Verve. LONDRES ? WIL MALONE ? THE VERVE ?

En vrai, Étienne Daho a bossé son album sur son Mac, dans l'acoustique de ses toilettes, en poussant sa voix de Canard WC dans son balai à chiottes. Mais le journaliste chanson ne peut l'imaginer, tellement il exulte. « Daho est un pur génie », dit-il en larmes au critique de cinéma son collègue, qui l'écoute à peine : car si son corps est revenu du Festival de Cannes, ses neurones sont restés à la soirée de Cécile de France.

Fin de journée, le journaliste chanson passe chez lui embrasser sa femme et leur fils avant de filer au concert.

LE FILS : J'ai faim, tu nous fais des pâtes ?
LE JOURNALISTE CHANSON : Demande à ta mère, j'ai eu une journée harassante.
LE FILS : Maman est partie avec sa valise chez mamie. Elle en a marre que tu te touches devant le poster d'Étienne Daho.
LE JOURNALISTE CHANSON : Comment elle peut me faire ça AUJOURD'HUI ? Le soir de la première d'Étienne à L'OLYMPIA ?
LE FILS : Si tu te touches encore, je le dis à maman.

Un jour, dans une période creuse, un journaliste d'investigation d'*Envoyé spécial* (ou pire, Élise Lucet) enquêtera sur notre métier de branleur et nos salaires assortis. Alors, le scandale éclatera et, entre deux bombes, au micro de BFM TV, les reporters de guerre crieront leur colère et leur indignation en direct du Mali, de Syrie ou de Diên Biên Phu. On ne fustigera ni

Valérie Lehoux de *Télérama*, ni Olivier Nuc du *Figaro*. Non, je serai désignée comme fer de lance de l'imposture. Les reporters de guerre, en tenue de camouflage, manchots pour certains, ainsi que leurs familles, ainsi que d'anciens otages, viendront alors manifester sous mes fenêtres, place de la Bourse, scandant : « On veut plus risquer nos vies, on veut écouter des disques. » Les plus féroces forceront les portes vitrées du journal, « ELLE EST OÙ CETTE CONNASSE DE SOPHIE DELASSEIN ? », et ils monteront les étages, j'entends leurs pas vengeurs s'approcher, ils pénètrent dans le service culture dans une mise en scène de Robert Hossein que Jérôme Garcin qualifiera de « foutraque » dans son « Humeur » de la semaine.

Tonton Maurice me regarde, les yeux exorbités, tandis qu'Émile paniqué cherche le bouton rouge. Dans son délire cognitif < 5, soit il a compris que la clinique était attaquée par Ruth Elkrief et Jean-Jacques Bourdin ; soit il garde un mauvais souvenir des *Misérables* au palais des Sports. C'est l'émeute en gériatrie, je vais me faire défoncer par les aides-soignantes.

Où est passée tata Gisèle ? Je ne l'ai pas vue quitter la chambre, j'aurais dû l'attacher aux barreaux du lit – elle aime ça, dixit ma mère. Tandis que tonton Maurice et Émile poussent des hurlements de loup-garou, je cavale dans le couloir où je croise une peuplade de blouses blanches en marche vers la 418. Je trouve plein de tatas Gisèle, mais pas la bonne. Je me glisse dans l'ascenseur entre le miroir et un brancard où gît un corps unisexe sur le point de lâcher la monnaie à ses héritiers qui se mettent sur la gueule à l'entrée de la clinique. Je ferme les yeux, m'évade par la pensée. Je visualise Jérôme Garcin au grand galop sur la plage de Deauville :

JÉRÔME GARCIN : « La nuit n'est jamais complète. Il y a toujours, puisque je le dis, puisque je l'affirme, au bout du chagrin une fenêtre ouverte » (Paul Éluard).

Au rez-de-chaussée, je bouscule un croulant en déambulateur chromé. À l'accueil, tata commande un taxi.

MOI : Tu vas où comme ça ?
GISÈLE : Je rentre à Mandelieu.
MOI : Tu es à Mandelieu !
GISÈLE : Tu dis quoi, ma chérie ?
MOI : Rien. Donne-moi la main. Je te ramène chez toi.

Dans ma tête, étrangement, une photo de Léon Blum surgit. Celle où il a la raie sur le côté comme ma teuche après ma dernière épilation. Je pense à Léon et aux nuits blanches passées à l'Assemblée à discuter la moindre petite ligne du moindre petit amendement pour que je passe finalement mes congés payés en gériatrie du Sud !

Voilà de quoi je me suis souvenue en écoutant Jonasz. En interview, quand je lui ai demandé pourquoi il avait écrit cette chanson, *La Maison de retraite*, il m'a répondu que ce n'était JUSTEMENT PAS UNE CHANSON SUR LES MAISONS DE RETRAITE. Y avait un piège. Son texte parlait d'amour éternel, de deux personnes âgées aux sentiments adolescents : tant qu'on se disait encore « je t'aime », on n'était jamais vieux. Là, il est parti dans une longue tirade sur la tristesse des maisons de retraite, les gens MALTRAITÉS, BATTUS, certains en sont MORTS, il l'avait lu dans les journaux. Lui, JAMAIS il n'aurait mis ses parents là-dedans ! JA-MAIS !

Un frisson me parcourt, ça me pique de partout comme si j'étais allongée nue sur un tapis de fourmis rouges. Je flippe, en fait, que mon oncle et ma tante ne se sentent pas bien dans l'EHPAD que je vais leur choisir. Quelle responsabilité ! Et là, je me suis rappelé que Michel Jonasz était souvent invité chez Maritie et Gilbert Carpentier dans ma période *Goldorak, go* ! Alors, je me venge.

MOI : Vous connaissez la parodie de *J'veux pas que tu t'en ailles* ?
MICHEL JONASZ : Non.
MOI : Ça s'appelle *J'veux pas que tu sentes l'ail*. C'est tellement drôle.
MICHEL JONASZ : ...

9

Intermède Roch Hachana

La mélancolie m'étreignait, elle me serrait fort contre elle au point de m'étouffer. À moins que ce ne soit la journée passée dans un jean trop serré avec le string en dessous qui provoquait cette douleur indéfinissable, sournoise, qui me remontait jusqu'au cœur. Ou les deux. J'étais incapable de faire la part des choses, je réalisais que les vacances étaient finies, il faisait septembre au-dehors. Comme à mon habitude je m'étais beaucoup agitée pour ne pas trop penser, mais là dans mon lit, dans le silence de Paris à l'heure des insomnies, je ne pouvais plus échapper à moi-même, et je réalisais que plus jamais. Plus jamais on ne se disputerait tonton Maurice et moi, on ne rigolerait plus non plus. Plus jamais la visite annuelle au mois d'août avec ma mère qui stresse en chemin. Plus jamais Joe Dassin. Tonton Maurice était vivant à 30 %, et encore. Un peu là physiquement, mais plus là en vrai. Bientôt, dans quelques jours, je retournerai à Mandelieu pour préparer sa valise et celle de Gisèle, je les installerai dans l'ambulance, et fermerai l'appartement. Plus jamais ils n'y retourneront. Plus jamais les palmiers, le casino, la plage, les promos chez Lidl. Plus jamais la clé dans la porte du cinquième étage droite de l'appartement de l'avenue de la Mer, les prospectus dans la boîte aux lettres, le panier de linge sale, les citrons dans le frigidaire, la brosse à dents dans le verre, les chaussons sur le marbre du salon. Ce n'était pas le moment d'écouter Barbara, et pourtant.

Paris me retenait encore un peu. Après mon périple estival en gériatrie du Sud, j'aspirais à la routine, ce concept inventé par et pour la bourgeoisie afin de définir l'ennui banalisé, automatisé. Tout le monde était rentré à présent et pestait contre Paris cette broyeuse, une ville épuisante, en travaux de surcroît, qui absorbe les ondes positives et les bonnes résolutions prises durant l'été, d'une vie meilleure, plus saine, calme, douce, amicale et même aimante. Lire, plaisanter, se retrouver. Et moins chercher ses clés dans le sac bourré, ne pas les trouver, le téléphone en double appel/la bagnole en double file/la trottinette qui pile juste-juste. Mais Paris sera toujours Paris. Et Brigitte sera toujours Brigitte : « J'espère que tu plaisantes, Sophie Delassein. Tu ne vas pas ramener deux Alzheimer à côté de chez toi ! Il doit bien y avoir d'autres personnes pour s'en occuper dans ta famille. Je te rappelle que tu n'as déjà pas assez de TEMPS POUR TOI ! Demain, 9 heures, café, Jules Joffrin. Faut qu'on se parle. » Mais…

Mais y a les fêtes juives, je vais dîner chez ma sœur pour Roch Hachana. On ne peut pas remettre à un autre matin ? Brigitte avait raccroché. Très tôt, elle accompagnera sa fille à l'école, ira courir dix kilomètres, viendra s'asseoir en face de ma mine dubitative sur la vie en général, commandera un café allongé, m'obligera à parler vraiment, m'empêchera dix fois d'esquiver, cherchera avec moi et pour moi d'autres solutions, celles qui visent à me décharger, commandera un autre café allongé, m'entourera de son amitié bienveillante, éclairante.

Après ce rendez-vous sous haute tension, j'ai peiné pendant des heures et en vain sur un article qui ne présentait pourtant aucune difficulté. Son angle : à quoi ça sert que Johnny Hallyday soit mort s'il continue à sortir des disques ? Moi, présidente de la République, j'interdirais les albums posthumes des rockeurs français.

Cette fête juive tombait vraiment mal, cela dit elles tombent rarement bien, une semaine où je suis détente, où je remue la queue devant la porte tellement j'ai envie de sortir deux soirs de suite sous la pluie fine de l'automne approchant. Mais qu'aurait pensé mon peuple si je m'étais dérobée en ce soir de Roch Hachana ? Il a déjà tant souffert. En plus, en ce Nouvel An 5780, j'avais mal au string, c'est pourquoi j'ai sonné chez ma sœur assez vénère. Si seulement j'étais passée au Monoprix m'acheter une culotte beige, bien large et en gros coton. Toute la famille était déjà au complet, trustant les sièges confortables, ne restait plus qu'un tabouret en fer Habitat ou Ikea, on sait pas/on s'en fout. Affalé dans le moelleux du canapé neuf, mon père était visiblement impatient de me voir.

SIMON : Je t'attendais. J'ai une question importante à te poser.
MOI : Moi d'abord : t'aurais pas un gros tube de Biafine sur toi ? J'ai le cul en feu.

Simon a fait lentement non de la tête et sa bouche a dessiné un sourire narquois qui signifiait qu'il était inutile d'essayer de l'embrouiller, je le savais bien. Mon père est la seule personne à qui je ne la fais pas. Son sourire disait aussi qu'il savait que je savais qu'il voulait me parler de tonton Maurice, ce « con de Momo », son beau-frère, son ennemi. Je savais qu'il savait que je n'échapperais pas à sa question. Histoire de gagner du temps, avec la démarche de celle qui a fait le trajet sur une jument de trait, je suis allée à la cuisine pour aider. Dans mon cas, aider à la cuisine signifie balancer trois vannes et sortir les bouteilles d'eau du frigidaire. Je ne sers à rien à l'ombre des fourneaux, ma mère en a eu tôt conscience, elle qui, dès que je tente une approche, pousse des petits cris aigus qui nous font peur, aux souris et à moi.

Une fois, je me souviens, nous avions organisé Roch Hachana chez nous. Ma mission consistait à ne surtout pas l'aider dans la préparation du plat principal, mais à acheter les sucreries nécessaires à la prière. Je me revois, indécise et fébrile, pénétrer dans la grande surface, l'escalator me mène lentement et contre ma volonté dans l'enfer du rayon frais, en quête des « fruits nouveaux » :

une grenade, une pomme, des haricots blancs, des poireaux, des betteraves, une courge et autres. Au bord de l'attaque de panique, j'étudie les différentes marques : tomates noires de Crimée ou cœur-de-bœuf ? Pink Lady ou canada ? Je plonge ma main dans mon sac : Xanax ou Lexomil ?

Heureusement que ce n'était pas Pessah, car je ne sais pas où j'aurais déniché des sauterelles, les ténèbres, la grêle et les ulcères. Heureusement que ce n'était pas Pessah, car en aucun cas je ne me serais lancée dans une sortie d'Égypte en string XS et jean slim. J'aurais choisi de me rendre à l'ennemi, postulant pour un CDI d'esclave sexuelle dans le harem d'un méchant pharaon, histoire de passer le reste de ma vie de traîtresse, la démarche lascive et la peau enduite d'une huile corporelle à la fleur d'oranger. Comme une idiote gonflée d'orgueil, dans un élan de solidarité avec les miens, j'ai suivi Moïse au milieu des eaux, et me voilà en quête d'une courge chez Leclerc. À quoi ça ressemble ? « Google », « Courge », « Image ». Je ne l'ai pas vraiment trouvée, peut-être parce que je ne l'ai pas vraiment cherchée. En rentrant, j'ai juré à ma mère que c'était un fruit caduc, il ne se faisait plus du tout paraît-il. Me voulant persuasive, j'ai fait un parallèle avec les manteaux en vison, les disquettes, le mange-disque, le Minitel et le Bi-Bop. Ils l'avaient sûrement dit au 13 heures de France 2 que la courge était en voie de disparition, mais qui regarde la télé en journée ? Alors, voilà. Elle a râlé, claqué la porte, filé chez le primeur. Quand je l'ai vue revenir avec une courge bien dodue sous le bras, j'ai fait semblant d'être au téléphone le temps qu'elle retrouve le rythme cardiaque du gros matou devant le feu dans la cheminée.

Cela dit, c'est une belle fête, Roch Hachana. Le concept : pour que l'année soit douce – ou moins merdique que la précédente – on dispose sur la table ces fruits nouveaux sur lesquels on récite une prière. Au milieu, il y a un poisson décapité dans une soucoupe. Il s'est sûrement trompé de fête, je l'aurais mieux vu au casting de la sortie d'Égypte, justement. Extérieur jour : la mer Rouge s'ouvre et les poissons affolés périssent. Quand vient la bénédiction de la tête de poiscaille, chacun plante sa fourchette pour en extraire un morceau. Dégueu. Quand j'ai suggéré à ma sœur d'en faire pour une fois l'impasse, elle a levé les yeux au ciel : « C'est jamais qu'un cabillaud, on n'a pas décapité le chat de la voisine ! » J'ai toujours pensé que c'était pourtant à cause de ça qu'on n'invitait jamais des amis à Roch Hachana. Personne. Même pas un ou deux gentils petits goys. Goy : *n.m.*, désigne tout ce qui n'est pas juif. Concept repris par J. K. Rowling, auteur de la série des *Harry Potter* : à Poudlard, tous ceux qui ne sont pas des sorciers sont des Moldus.

Ce soir de Roch Hachana 5780 ans, Arielle se la pète car la récitante, c'est elle. Traditionnellement, ça chie parce qu'il y en a toujours des qui discutent, ce qui rallonge la prière, repousse le début du repas, l'heure de coucher les mômes. Et ça re-chie parce qu'on a beau leur dire, ils discutent encore et fort. Y en toujours un qui vient de s'acheter une montre, on le sait parce qu'elle traverse la table de celui qui la possède à celui qui la convoite. « J'ai 15 % mais pas sur tous les modèles ! » hurle le premier (mon neveu David) au second (son grand-père, Simon). J'ai si souvent entendu cette phrase pendant les prières que je me demande s'il ne faudrait pas la mentionner en note de bas de page du texte sacré.

Avant sa disparition, nous passions toutes les fêtes juives chez ma tante Jacky. Comme personne ne savait et ne voulait prier, on envoyait un disque avec la voix d'un rabbin qu'on surnommait « le rabbinouche » et qui déroulait son texte sans s'offusquer du brouhaha. À un moment, l'un de nous réalisait que le rabbinouche produisait un bruit de fond lancinant tel le métro aérien au carrefour Stalingrad, alors il coupait le son et tout le monde s'exclamait en chœur : « Ah, ça fait du bien quand ça s'arrête ! » Ma sœur Arielle la première, mais c'était bien avant sa radicalisation qui s'est opérée lors d'un pèlerinage au Mur des lamentations où elle a formulé ce vœu par écrit et en tutoyant l'Éternel : « Mon Dieu, fais que mes deux fils, Jonathan et David, deviennent pharmaciens. » Passablement surpris par la requête, le Tout-Puissant n'a même pas cherché à comprendre. Et comme personne n'a jamais rien refusé à Arielle, Il l'a exaucée. En voyant son canapé neuf, j'ai compris que ma sœur avait glissé un petit papier plié en quatre entre les portes vitrées de la boutique du boulevard Saint-Germain en priant Roche Bobois de lui en livrer un nouveau.

Je ne sais pas si Arielle croit vraiment en Dieu, mais moi je crois vraiment en Arielle. Un jour, elle saura prier, mais en attendant, c'est le Ducobu de la Thora. Sa mère assise à sa gauche, son mari à sa droite, ma sœur récemment convertie au judaïsme libéral met solennellement sa kippa de travers et saisit son Livre de prières en hébreu phonétique. À un moment, on voit une ampoule s'allumer dans une bulle au-dessus de sa tête : « Mais oui, c'est vrai qu'il se lit de droite à gauche ! » Encore doit-elle trouver la bonne page, le temps pour nous de finir les pistaches, d'aller en chercher d'autres et de les finir aussi.

Pendant ce temps, on stresse en sourdine, parce qu'il y a classe le lendemain. Le môme va être stone en cours de maths, déjà que… En vrai, on sait d'avance qu'il n'ira pas. On maîtrise l'art de rédiger ce genre de mot d'excuse, on en fait des copier-coller de génération en génération : « Je vous prie de bien vouloir excuser l'absence de Robert. Il était épuisé, le pauvre chéri, car nous sommes rentrés très tard en raison du Nouvel An juif où nous avons beaucoup prié pour les nôtres disparus dans les camps de concentration. Bisous-bisous. »

Moi, présidente de la République, je décréterais fériés tous les lendemains de fête. Autre solution : inscrire ses enfants dans des écoles juives. Mais bon, l'idée que mon fils ne croise pas le moindre Moldu durant toute sa scolarité me semble déraisonnable, absurde.

Où en étais-je ?
Ah oui, rabbi Arielle.

Le temps qu'Arielle déclare ouverte la cérémonie de la courge, avec mon neveu Jonathan, docteur en pharmacie grâce à Dieu, donc, on joue à notre jeu préféré : je lui donne le nom d'un médicament, il doit balancer le générique le plus vite possible.

MOI : Lexomil
JONATHAN : Bromazépam
MOI : Xanax
JONATHAN : Alprazolam
MOI : Prozac
JONATHAN : Fluoxétine
MOI : Seroplex
JONATHAN : Escitalopram. T'as pas le moral, toi !

Quand Arielle semble à peu près prête, sa kippa tombe au sol en voltigeant telle une feuille morte, sans bruit ou presque : « Et merde ! » Dans un même élan, comme deux athlètes de natation synchronisée, son père et son mari se penchent pour la ramasser sous la table où éclate une énième intifada entre beau-père et beau-fils.

SON PÈRE : Je la tiens.
SON MARI : Non, c'est moi.

SON PÈRE : C'est à son père de la ramasser.
SON MARI : Non, c'est à son mari.
SON PÈRE : J'étais là avant.
SON MARI : Je suis là tout le temps.

Scène de la vie juive ordinaire.

Si nous discutons peu quand Arielle gère la prière, c'est que nous sommes fascinés par le peu de progrès accomplis, par sa faculté de massacrer l'hébreu, de buter sur chaque mot, de reprendre vaillamment malgré la page cent fois perdue et la kippa qui roule encore et encore sur la moquette. Car ma sœur est approximative et consciente de l'être, si bien qu'elle s'oblige à tout gérer avec le sérieux d'une dirigeante d'une entreprise de trois mille salariés. Y compris la prière, y compris notre mère. Quand elle m'appelle, elle a toujours deux choses à me dire, mais elle ne se souvient jamais de la seconde.

ARIELLE : Deux choses. Tu ne connaîtrais pas un Portugais compétent ?
MOI : Pourquoi un Portugais ???
ARIELLE : C'est pour un coup de peinture dans le salon.
MOI : Bref. Et la deuxième chose ?
ARIELLE : Je sais plus, je vais te rappeler.

Ou bien :

ARIELLE : Deux choses à te dire concernant maman. La première c'est que j'ai fait l'inventaire des compléments alimentaires : il reste trois « caramel » et deux « café/moka ». Penser à en commander !
MOI : Et la deuxième ?
ARIELLE : Je sais plus, ça va me revenir.

Je compte jusqu'à trente :

SMS D'ARIELLE : *J'ai envoyé la dernière ordonnance de maman par mail à la pharmacie de David, les médicaments seront livrés demain matin. Merci à toi d'accuser réception de ce message.*
SMS DE MOI : *Bien reçu, patate !*

En dehors de sa minute d'émerveillement devant la montre de David, mon père est resté à peu près silencieux toute la soirée. Je savais bien qu'il ne couvait pas une maladie, comme une petite grippe ou une méchante chtouille. Non, il attendait le moment propice pour me poser sa question. Entre la prière et le dessert, dans un silence absolu, inédit un soir de fête, il a croisé les bras et m'a fixée.

SIMON : Dis-moi, toi ! Est-ce que si ce con de Momo ne t'avait pas désignée comme sa principale héritière, tu lui sauverais la vie de la même manière ?
DAVID : Excellente question ! Tata Sophie, on t'écoute !

MOI : Quand je pense au nombre de fois où j'ai changé ta couche. J'aurais dû te laisser dans ta merde, David.
ROBERT : Hahaha ! J'aimerais trop pas être à ta place, *mom* !
MOI : Toi, c'était pire, tu vomissais au lit.

Ma sœur cherchait sous la table la kippa qu'elle avait sur la tête. Ma mère s'est lentement tournée pour me lancer un regard bourré de suspicion, mon beau-frère aussi. Tout le monde attendait ma défense. Jonathan, trop mignon, a essayé de me sauver en balançant le générique du Deroxat, mais c'est tombé à plat.

MOI : Vous reprendrez bien un peu de poisson mort !

Simon a fait non de la tête, et David aussi car on ne la lui fait pas à lui non plus. Dos au mur, je me suis lancée dans un plaidoyer pour moi-même, s'en est suivi un débat âpre sur le thème plus général : faut-il sauver les cons ?

Simon attendait une réponse construite, et avec lui toute la tablée, jusqu'au poisson décapité. Je ne joue plus la grande indifférente quand le regard bienveillant de mon père brille soudain du soupçon de la trahison. J'hésite, j'avance un argument, je perds mes moyens, j'attends que mon assurance le sidère, qu'un trait d'humour l'achève, je veux prouver que je tiens la route autant que sa berline sur le bord de mer entre le port d'Antibes et l'entrée de Mandelieu, le rond-point, la station-service, la promenade du bord de mer ombragée par de gigantesques palmiers si je tourne à gauche.

Ce soir, ce n'est pas moi que mon père vise, mais à travers moi ce « con de Momo », son beau-frère qui s'acharne à lui mordre les mollets depuis qu'il a épousé sa petite sœur.

Je sais la haine durable de mon oncle à l'égard de mon père, malgré cela c'est vrai que je m'apprête à lui sauver la vie. Qui a parlé de trahison ? C'est moi, un peu plus haut, quand le laser rouge dans le regard paternel m'a transpercée de reproches. Je déteste me justifier, mais je m'y résous car c'est important : l'argent ne me motive pas, sinon j'aurais laissé oncle Maurice crever à la clinique Méditerranée. Oui, je dois être attachée à lui, aussi destructeur soit-il – et c'est indéniable. Quand je l'ai vu en gériatrie, le corps décharné et l'esprit flou, je ne me suis posé aucune question : je devais le sortir de là.

Non, il n'y a pas trahison, parce que mon père lui-même m'a appris l'empathie et désappris la rancœur. À ma place, il aurait déployé la même énergie pour veiller sur les derniers jours de Maurice Finkelstein, aussi « con » soit-il.

10

Encore un soir

Comment trouver le sommeil après ce Roch Hachana tendu ? Je pouvais compter les moutons qui s'enculent comme ma mère me le conseillait jadis (si j'ai bien compris), mais ça n'a jamais marché en cas d'insomnie. J'ai tôt remplacé les moutons par des amis de mes parents, cependant c'était trop excitant d'imaginer Josseline se faire prendre par Jean-Claude, et Jean-Claude enfiler Roger. J'étais gênée quand ils venaient dîner chez nous, ou lorsque je les voyais à la bar-mitsva du petit Jérémy, par exemple. Calculer le montant même approximatif de mon futur héritage me semblait prématuré et infaisable de tête à cause du calcul des intérêts. En plus, l'argent m'excite plus encore que la sodomie. Le seul truc qui fonctionne à peu près, c'est de réécrire mentalement le Décalogue dans une version contemporaine, moins ambitieuse et contraignante que l'originale.

PREMIER COMMANDEMENT. Tu ne tueras point, sauf si le mec abuse vraiment.

DEUXIÈME COMMANDEMENT. Tu ne déroberas point le rouge à lèvres au Monoprix.
~~Troisième commandement. Tu ne feras point de l'argent ta principale préoccupation dans la vie.~~
TROISIÈME COMMANDEMENT. Tu ne regarderas plus en cachette et en replay les émissions présentées par Sophie Davant.
QUATRIÈME COMMANDEMENT. Tu respecteras le shabbat s'il respecte en retour ta passion pour le Justin Bridou aux noisettes.
CINQUIÈME COMMANDEMENT. Tu arrêteras de fumer quand tu descendras du bobsleigh de ton quotidien.
SIXIÈME COMMANDEMENT. Tu n'envieras point les fesses bombées de Pamela Anderson dans *Miami Vice*.
SEPTIÈME COMMANDEMENT. Tu ne te précipiteras point sur Google pour vérifier que Pamela Anderson joue bien dans *Miami Vice*.
HUITIÈME COMMANDEMENT. Tu ne vanneras plus Arielle, parce qu'elle est cool quand même. ~~Même si c'est quand même cool de la vanner.~~
NEUVIÈME COMMANDEMENT. Tu prendras plus régulièrement tes gouttes pour un meilleur « équilibre nerveux » ~~et peut-être que tu arrêteras de fumer~~.
DIXIÈME COMMANDEMENT. Tu ne feras point des doigts d'honneur aux gens que tu détestes dès qu'ils tournent le dos.

Je sentais que j'arrivais à une version quasi déf de mes Dix Commandements, mais une question me taraudait : se souviendra-t-on de Pamela Anderson dans deux ou trois mille ans ? Là, j'ai revu Pam de dos dans son maillot brésilien, courant sur la plage avec sa planche de surf sous le bras, et j'en ai conclu que cette vision devrait assurément traverser les millénaires au même titre qu'Ursula Andress sortant de l'eau dans *James Bond contre Dr No*, *La Naissance de Vénus* de Botticelli plus de cinq siècles auparavant, Marc Lavoine-Narcisse se mirant dans l'eau de la rivière en se caressant le torse.

Les mails émanant de la clinique Méditerranée étaient de plus en plus rapprochés, pressants. L'ensemble du personnel voulait exfiltrer tonton Maurice et tata Gisèle aussi parce qu'elle rappliquait tous les jours de plus en plus tôt dans la chambre de son mari pour s'assurer d'être là à l'arrivée du repas de midi. Les aides-soignantes la tenaient à l'écart, ne lui autorisant l'accès de la 418 qu'une fois le plateau débarrassé. Bilan : l'état de santé de tonton Maurice ne s'améliorait pas et ma tante ne mangeait pratiquement plus rien puisque, malgré mes suppliques, elle refusait de se ravitailler. Une catastrophe s'annonçait, mais laquelle ? Je me demandais ce qui avait bien pu contrarier l'Éternel mon Dieu, et j'ai aussitôt réalisé qu'il était certainement blasphématoire de réécrire les Dix Commandements. Punition divine immédiate : si on m'avait donné trois semaines pour m'organiser avant de venir délivrer mon oncle, désormais je ne disposais plus de ce temps-là. J'ai fait irruption dans le bureau de mon chef de service avec la mine défaite pour lui annoncer que je retournais à Mandelieu, en dépit des sorties de disques, ceux de la Grande Sophie et d'Alex Beaupain, de mémoire, que je promettais de traiter à mon retour.

Échelle du stress : 9,8/10.

En rentrant chez moi, je marchais vite, trop vite visiblement, l'esprit embrumé par les préoccupations qui s'amoncelaient et la liste que je dressais dans ma tête des formalités qui m'attendaient : la clinique, la banque, l'ambulance, tout le bordel. La responsabilité de l'ensemble. Je m'isolais en écoutant de la musique *via* Spotify en aléatoire. Si je sélectionnais principalement du français, l'application de streaming concluait qu'on pouvait m'envoyer Jean-Jacques Goldman *by* Céline Dion sans m'offenser. L'algorithme ne tenait pas du tout compte du fait que j'étais journaliste chanson. Donc. 1. Mon territoire est circonscrit à la francophonie. 2. J'écoute de la chanson française pour mon travail. 3. L'actualité dicte mes (non-) choix. 4. Je conchie Céline Dion. J'ai pourtant laissé filer le morceau avec un plaisir coupable, en espérant que tout cela reste entre nous. Aux premiers riffs de batterie, *Encore un soir* a eu la vertu de me faire décoller du bitume humide de la rue Ordener pour me téléporter au Caesars Palace de Las Vegas. Après un détour vite fait par la boutique des objets dérivés pour admirer les nouveaux mugs à mon effigie, mon habilleuse m'a aidée à enfiler mon fourreau en lamé et, dans la coulisse, je me suis signée pour conjurer le trac.

J'ai toujours su que Vegas me mériterait ; toujours pensé que l'Amérique *m'attendait*.

La musique rythmait mes pas, j'ai ouvert grand mes bras de diva internationale pour enlacer mes fidèles. Arrivées à la hauteur du Monoprix, Céline et moi nous apprêtions à prendre notre envol vocal, quand nous avons été interrompues par un appel de mon fils qui a pris la place de la musique dans mes oreilles. J'ai décroché, mon talon gauche aussi et bizarrement l'épaule droite a tout pris. D'après le rapport d'autopsie, la femme de cinquante ans étalée au sol, qui porte une culotte en gros coton beige et possède un ADN similaire à celui de Sophie Delassein, c'est moi.

Le ridicule jalonne mon existence.

Je suis tombée de la chaise dans le bureau de la DRH à la signature de mon premier CDI.

À l'enterrement de la mère de mon meilleur ami, me trouvant séparée de lui à cause de trop de monde dans l'allée, j'ai sauté de tombe en tombe pour le rejoindre.

Lors d'une interview, j'ai posé sur la table ma boîte de Tampax mini à la place de mon enregistreur.

J'ai été convoquée par la maîtresse de petite section parce que mon fils de quatre ans affirmait vouloir « mourir sur scène, devant les projecteurs » en se malaxant les cheveux.

Prise de nausée lors d'un dîner pro, n'ayant pas le temps d'atteindre les toilettes, j'ai gerbé sur le mur du couple invitant.

Dans une autre soirée pro avec ma sœur, j'ai demandé « et toi, qu'est-ce que tu fais dans la vie ? » à quelqu'un de haut placé (cf. chapitre 11).

Aussi spectaculaire soit-elle, la gamelle de la rue Ordener n'atteignait pas le *top five* des moments risibles de ma vie.

ROBERT : Allô, allô ? T'as un problème ?
MOI : La honte, putain ! Je viens de m'étaler devant quatre mille fans.
ROBERT : Comment ça ?

Une main forte m'a relevée, et mon regard s'est perdu dans celui de l'inconnue. Comme dans *Coup de foudre à Notting Hill*, ou plutôt sa parodie gazon avec Valérie Bonneton et Valérie Lemercier. Mon casque entrave mon œil, la femme a la gueule de la passion charnelle. Elle garde plus que de raison sa main dans la mienne, et tandis que je m'apprête à mordiller ses lèvres d'un rouge profond, la voix de mon fils me sort de ma rêverie érotico-chatte :

ROBERT : Après les rappels, rentre directement. J'ai préparé des pâtes aux truffes.

DES PÂTES AUX TRUFFES ? Tu me crois si je te dis que j'ai renoncé au frisson charnel pour un bol de coquillettes ? J'ai repris ma route en claudiquant et, en grande professionnelle, j'ai rattrapé Céline de justesse sur le dernier vers : « Un peu de nous, un rien du touououout ! »

Je perdais l'équilibre tant le dossier « oncle Maurice » me pesait, la logique vacillait et moi avec. Je voulais tout, lui vivant autant qu'un virement conséquent de ses avoirs sur mon compte. L'idéal eût été qu'il me fasse direct une bonne grosse donation comme on les aime, mais sa raison étant partie en croisière, il ne pouvait plus tenir un discours cohérent devant un notaire, incapable même de tracer sa propre signature. Ç'aurait senti fort l'abus de confiance en bande désorganisée (ma sœur et moi). Surtout, la donation de son vivant n'a jamais été dans ses projets.

Je me demandais combien il lui restait à vivre, ou plutôt à ne pas mourir. Je crois que je commençais surtout à fatiguer, mon esprit faisait des fixettes. Sitôt arrivée chez moi, j'ai annoncé à mon fils que mon retour à Mandelieu était pour le lendemain. Il fallait aussi que je trouve un EHPAD.

ROBERT : T'as une fourchette ?
MOI : Dans ma main, tu la vois pas ?

ROBERT : UNE FOURCHETTE DE PRIX, le budget pour la maison de retraite.
MOI : Infinite. Je veux juste que les yeuves soient confort, ensemble et pas loin de moi. Périmètre : Paris XVIII, XVII au pire.
ROBERT : Tu pousserais pas jusqu'à Levallois ?
MOI : Négatif. Trop loin de l'Olympia. Je vais appeler ma sœur pour qu'elle m'aide. Elle va ouvrir un fichier Excel et y inscrire les « plus » et les « moins » après chaque visite d'EHPAD.
ROBERT : Mais c'est l'humain et le ressenti qui comptent. Pauvre tata Gisèle, pauvre tonton Maurice.
MOI : Arrête, tu les as vus deux fois dans ta vie.

Ne jamais réserver de e-billets de train le ventre plein et après une chute. J'ai bien pris ma place, mais sans qu'un siège me soit attribué. Qu'on m'amène le bouffon qui a imaginé que c'était une belle aventure de voyager debout dans un TGV pendant cinq heures et demie. J'ai passé les deux premières heures à gruger, obligée de trouver un nouveau lieu vacant à chaque arrêt pour me poser, déménageant avec ma valise, mon sac à main, ma bouteille d'Évian, mon sandwich infect, et le yaourt aux fruits que je ne comptais pas manger mais que j'emportais quand même avec moi pour une raison que la raison ignore. Heureusement que j'ai trois mains. Au bout d'un certain temps qui m'a paru très long, le contrôleur s'est planté devant moi pour me proposer une place assise en première et m'y a conduite. Je me suis installée lascivement et lui ai demandé comment c'était possible de vendre des billets sans siège ? Il m'a expliqué qu'il me comprend, mais que c'est comme ça, mais qu'il me comprend en même temps, mais que c'est quand même comme ça. Il ne décollait plus, je me demandais ce qu'il attendait de moi : un pourboire, mon yaourt ou bien quoi ? Pour qu'il capte bien que je n'étais pas preneuse et qu'il dégage de ma vue je me suis plongée dans les pages mode de *Marie-Claire*, réalisant qu'à cinquante ans je suis pile dans la cible de ses lectrices et c'est sans doute pour cela qu'inconsciemment je l'avais acheté au Relay, plutôt que *La Règle du jeu*. Là, coup de fil de la clinique Méditerranée m'annonçant qu'elle continue à chercher une compagnie d'ambulances pour l'exfiltration de mon oncle. JE PENSAIS QUE C'ÉTAIT RÉGLÉ. J'ai dû le dire un peu fort dans la panique, parce que, après un référendum express, les passagers m'ont dégagée du wagon et j'ai fini le trajet sur les marches près des chiottes. Il ne restait plus que deux heures avant l'arrivée en gare de Cannes, puis taxi jusqu'à Mandelieu.

Ma tante avait complètement oublié que je venais. J'ai sonné, sonné, sonné à l'interphone. Arrivée au cinquième, je l'ai trouvée les cheveux en l'air et vêtue du pyjama des jours sans.

GISÈLE : Ben, Sophinette, qu'est-ce que tu fais là ?
MOI : Je viens te chercher pour t'emmener à Paris avec tonton. Tu sais, je t'ai parlé de la maison de retraite à côté de chez moi.

GISÈLE : Tu viens nous chercher et avec tonton on va dans une maison de retraite à Paris ? Tu viens nous chercher et avec tonton on va dans une maison de retraite à Paris ? Tu viens nous chercher et avec tonton on va dans une maison de retraite à Paris ?
MOI : STOP ! Oui, je suis venue t'aider à préparer vos valises. On s'y met tout de suite ?
GISÈLE : Pour aller dans une maison de retraite à Paris avec tonton ?
MOI : AHHHHHHH !

11

Intermède ridicule

La grosse loose de ma vie évoquée ci-juste avant, la voilà.

Je ne la sentais pas cette soirée, mais ma sœur avait insisté. J'avais fini par dire oui, et puis j'avais fini par oublier que j'avais dit oui.

Je rentre du bureau, je vide le ballon d'eau chaude sur ma migraine, j'enfile un long T-shirt gris et les grosses chaussettes assorties. Fatiguée, nauséeuse, irritable. Mon fils dort chez mes parents. A priori, rien ne s'oppose à un vieux Truffaut avec Fanny Ardant et Jean-Louis Trintignant (*Vivement dimanche*, quoi). Je n'ai pas encore glissé le DVD dans la fente que mon téléphone sonne pour la troisième fois.

ARIELLE : Qu'est-ce que tu fous ? Je suis en bas depuis un quart d'heure.
MOI : Hein ?

ARIELLE : NE ME DIS PAS QUE T'AS OUBLIÉ QU'ON ALLAIT CHEZ MATHIEU ET MATHIAS !
MOI : Hein ?

Je ressens la douleur du bulot qu'on extirpe de sa coquille au cure-dent.

Mathieu et Mathias assassinent Truffaut avec leur soirée « culture, politique et média ». Bouge-toi, Cendrillon : « Salagadou, la menchikabou, la bibidi bobidi bou. » J'attrape un pull noir et un jean un peu large (celui qui me fait un beau cul est au sale). J'ai dix kilos en sus à cause d'une addiction récente au cheese naan trempé dans la sauce tikka masala. Je complète mon épaisse silhouette par une paire de New Balance que je lace dans l'ascenseur. Moins que jamais maquillée, plus que jamais décoiffée.

Dans la voiture, ma sœur hurle : TU VAS Y ALLER COMME ÇA ?

Neuilly-sur-Seine, l'orée du bois de Boulogne, intérieur déco, rez-de-jardin arboré, gastronomie asiatique, barmen in black, le DJ enchaîne NTM et Larusso. Tous les gens qui comptent dans la culture, la politique et le reste commentent l'actu avec ce qu'il faut de mordant. Il y a au mètre carré un nombre incalculable de plasticiens, de chanteurs, de secrétaires d'État, d'éditorialistes, de présentateurs de JT.

C'est le moment de papillonner, d'avoir de l'esprit, de l'humour, de la culture et des cartes de visite. J'ai tout laissé à la maison. Sitôt arrivée, ma sœur disparaît dans la foule pour noircir son carnet d'adresses, encore et encore. Quant à moi, où que je me mette, je gêne le passage de la bombasse de Canal Plus ou de cet architecte trois fois primé.

Je suis une Parisienne d'origine doublée d'une authentique connasse. Autrement dit je me sens bien partout, j'ai tous les codes.

Avec ma voisine de palier dans l'ascenseur : « Vous avez mis un joyeux bordel dans l'immeuble avec vos travaux. »

Sur le même ton avec Nicolas Sarkozy, en lui balançant la fumée de ma Vogue verte à la face : « Vous avez mis un joyeux bordel en France avec votre Kärcher. »

À l'aise partout, sauf ce soir chez Mathieu et Mathias. Je me sens mal dans ma peau, la fatigue, la mauvaise humeur. Je ne connais personne. Au bout d'un moment j'aperçois, au centre d'un groupe de meufs, une meuf qui me dit vaguement quelque chose. Nous nous sommes déjà rencontrées, mais où ? Comment s'appelle-t-elle ? Je perds la mémoire depuis que je sniffe des rails de Lexomil.

Ennemies déclarées du fromage fondu et de l'huile de palme, la meuf et ses copines pèsent quarante-cinq kilos chacune, sont perchées sur des talons de douze centimètres, portent avec grâce jeans slim et tops en soie. Avant de venir, elles ont fait un masque d'agrumes chez Carita, sont passées chez le coiffeur, le maquilleur et le dermato pour une piqûre de rappel trimestrielle de botox. Si je mets 1 000 balles sur ma tronche avant chaque soirée, moi aussi je vais prendre la lumière comme Sophie Marceau à la Mostra de Venise. Je parie un naan au fromage que la meuf se prénomme Kimberley.

MOI : Hey, coucou !
KIMBERLEY : Hello ! Je vous présente euh…
MOI : Sophie.

Je m'installe dans un fauteuil en rotin qui me fait d'emblée mal au cul, et m'incruste vaille que vaille dans ce qui ressemble à une réunion Tupperware.

KIMBERLEY : C'est horrible, t'as vu ? On est toutes au bord du gaz.
MOI : Why ?
KIMBERLEY : Tu plaisantes ? Non, t'as pas l'air. Jean Dujardin et Alexandra Lamy…
MOI : Ouais, je vois qui c'est.
KIMBERLEY : Ils se séparent ! Au bureau, on a chialé toute la journée. C'était un couple mythique !
MOI : Ah ! pas du tout. Il ne suffit pas que deux personnes connues couchent ensemble pour former

un couple mythique. Par nature, par définition, le couple mythique dit quelque chose de son époque. Je t'explique :

William Marshall et Michèle Morgan : non mythique
Michèle Morgan et Henri Vidal : non mythique
Henri Vidal et Michèle Cordoue : non mythique
Michèle Cordoue et Yves Allégret : non mythique
Yves Allégret et Simone Signoret : non mythique
Simone Signoret et Yves Montand : mythique
Yves Montand et Marilyn Monroe : mythique
Marilyn Monroe et John Fitzgerald Kennedy : mythique
John Fitzgerald Kennedy et Jacqueline Lee Bouvier : mythique
Jacqueline Lee Bouvier et Aristote Onassis : non mythique
Aristote Onassis et Maria Callas : non mythique

KIMBERLEY : Tout le monde sur-kiffe Chouchou et Loulou, alors que personne ne connaît ta machine Bouvier.
MOI : Jackie Kennedy, ça ne te dit rien ! T'as fait un AVC ou quoi Kimberley ?
KIMBERLEY : C'est toi qui as fait un AVC, je m'appelle pas Kimberley !

Je quitte le groupe en moonwalk, commande un Coca Zero avec plein de glaçons, pars me planquer dans le coin du bar d'où j'envoie des rafales de SOS par SMS à mes amies qui me basent à coups de « on se capte plutôt demain ? », « toi, tu t'ennuies ! ».

Quand Soudain.

Elle est là, à l'autre bout de la pièce. Mon bonheur de la voir est si intense qu'il me semble que toutes les lumières divines l'éclairent comme elles illuminent les statues de la Vierge à l'Enfant dans les cathédrales de Toscane. Bien mal sapée, de mauvais poil à coup sûr, et seule. Elle irradie ! Je fonce sur celle qui va devenir mon âme sœur pour le reste de la soirée, mais qui l'ignore encore. J'attaque en la tutoyant, histoire de nous faire gagner un peu de temps : « Toi aussi, t'as l'air de te faire copieusement chier ici. » Elle ne s'offusque pas du n'importe quoi de mon entrée en matière, bouleversée qu'on la calcule enfin.

On se lance dans une discussion longue et plaisante sur nos attaches en Normandie. Je lui raconte les grandes vacances de mon enfance à Cabourg et les tablées de trente, lui parle de la maison que mon père a fait construire près de Vernon, du somptueux château de Bizy et du haras voisin. J'ai une tante qui vit à Bayeux mais je ne la vois jamais, donc ça ne compte pas ; j'ai une tante à Trouville que j'aime beaucoup, donc ça compte. Un jour, en partant de chez elle justement, mes parents m'ont montré les Roches Noires, en m'expliquant que Marguerite Duras habitait là. À l'arrière de la bagnole, à travers la vitre, je l'ai imaginée derrière sa machine à écrire face à la mer et j'ai eu envie de devenir écrivain. J'avais douze ans. Alors, quand en troisième la conseillère d'orientation m'a cherché un BEP, vu que d'après elle je ne passerais en seconde que sur un gros malentendu, je lui ai annoncé que je voulais devenir Margot au bord de l'eau.

J'ai fini ma scolarité dans le privé.

Avec copine nouvelle, on tombe d'accord sur un fait : il ne pleut pas forcément comme vache qui pisse en Normandie, c'est un faux procès qu'on lui fait. Sauf peut-être dans le Perche. Oui, dans le Perche il pleut quand même plus qu'ailleurs.

Sa connaissance de la région me fascine et la passion avec laquelle elle en parle aussi. Mais de toi à moi, son développement de trois quarts d'heure sur Rouen m'a paru encore plus ennuyeux que *Bagdad Café* à l'époque. Copine nouvelle se lance dans un putain de monologue sur le charme des marchés, la jeunesse de la cité universitaire qui dynamise *énormément* la ville, la richesse des collections du musée des Beaux-Arts et l'efficacité du tissu associatif. Sa fixation sur Rouen me semble suspecte. Elle sillonne chaque jour la ville avec son sac à dos ou quoi ? Elle écrit un *Rouen pour les nuls* ou bien ? Je lui pardonne car je suis également une obsessionnelle pathologique, et puis je pense pareil : c'est cool Rouen. Le quartier du Gros-Horloge, la plus vieille auberge de France sur la place, etc. La dernière fois que j'y suis allée, je me suis recueillie à l'endroit pile où Jeanne d'Arc a arrêté ses conneries.

J'aime bien Rouen, mais gentil, tout doux. Ce n'est jamais *que* Rouen !

Surtout, j'aime bien copine nouvelle, elle sauve ma soirée, alors je lui passe tout, je l'écoute, la relance même !

Qu'est-ce qu'on est mal sapées, mais Dieu qu'on est bien. Enfin, on *était* bien, car après deux heures d'une relation sans fard, elle fout tout en l'air avec la question rituelle : qu'est-ce que tu fais dans la vie ?

J'ai envie de répondre que je fais des crêpes, mais au nom de notre amitié je lui dois la vérité : je suis journaliste au service culturel de *L'Obs* où je traite pour l'essentiel de musique. Pour rester dans le thème de la soirée, je suis assez haut placée pour dézinguer du chanteur. Je les rate rarement.

Par politesse, je retourne la question à copine nouvelle en espérant qu'elle ne bosse pas dans une association. C'est très mal, je sais, mais j'ai des idées préconçues sur ces gens-là. Ils ne portent pas forcément des pulls jacquard et des grosses lunettes en bois, mais ils se lavent les cheveux avec des œufs et ils préfèrent qu'on les appelle sur le fixe.

MOI : Et toi, tu fais quoi dans la vie ?

COPINE NOUVELLE : Je suis ministre de la Jeunesse et des Sports.

Désormais, appelez-moi Kimberley. Je travaille dans un média national, pourtant je ne connais ni le visage ni le nom de la ministre de la Jeunesse et des Sports. À cause de moi, j'imagine qu'elle pense souffrir d'un dramatique déficit de notoriété puisqu'une journaliste d'un média national ne connaît ni son visage ni son nom. J'espère que son dircom aura passé une bonne nuit parce que demain, comme dirait ma tante Ginette, elle va lui chanter *Ramona*.

Je m'entends lui demander : « Tu préfères la jeunesse ou les sports ? »

Moonwalk.

L'épave en chaussettes et en fin de vie étalée sur le tas de vestes Dior et de sacs Chanel dans la chambre à coucher de nos hôtes, c'est moi. Je rêve que j'étouffe sous un masque d'agrumes, quand je sens qu'on me secoue. Ma sœur fait la même tête que le jour où j'ai tartiné des rillettes de porc sur du pain azyme un soir de Pessah. Mélange d'agacement et de compassion. Si je l'amuse, ça ne se voit pas. Je suis l'inconvénient d'avoir une sœur, parfois. Je remets mes baskets, et on remercie M & M pour cette fête absolument magique – tragique. Tout s'achève dans une scène que même Franck Dubosc aurait refusé de tourner : je m'élance vers la porte d'entrée, mais c'est celle des chiottes que j'ouvre devant le rédacteur en chef du *Monde* et une poignée de stars de la French Touch.

Dans la voiture, sur la route du retour, ma sœur est moins bavarde que d'ordinaire. La fatigue, certainement.

ARIELLE : T'as parlé longtemps avec Valérie Fourneyron !
MOI : Qui ?
ARIELLE : La ministre !
MOI : Oui, sympa. Elle connaît très bien la Normandie.
ARIELLE : Peut-être parce qu'elle a été maire de Rouen !
MOI : Hein ?

12

Le tiroir à culottes

Comme j'avais grillé ma dernière Vogue Pastel à ma descente du train, j'ai cherché sur Internet l'adresse d'un buraliste à Mandelieu, ouvert le soir, même un peu loin. Je suis tombée sur un site génialissime, Tabac Info Service, ouvert 24/24, avec un numéro vert, et qui livre. Malheureusement, la meuf au téléphone était mal embouchée, elle a commencé à me faire la morale et je me suis énervée : VOUS ME LA LIVREZ CETTE CARTOUCHE OU BIEN ? Elle a raccroché. Si t'appelles Pizza Hut, on te prend pas la tête avec le mauvais cholestérol dû au fromage fondu, on t'envoie ta Regina dans les vingt minutes à mobylette.

Bref.

J'ai bien dormi pour une fois, il y avait un filet de bave sur mon oreiller et l'ombre des pieds de tata Gisèle sous la porte. J'ai fait une toilette de chat parce que la baignoire était remplie de valises, de boîtes de Doliprane et de sacs plastiques, puis nous avons cheminé lentement vers les terrasses de la rue piétonne pour prendre notre petit déjeuner. J'en ai profité pour lui faire une rapide interview, genre *Konbini*. D'abord, est-ce que, par hasard, tonton et elle n'auraient pas un enfant caché quelque part ? Car, dans ce cas, je serais contrainte de l'abandonner illico, sans toutefois renoncer à mes deux merveilleux croissants. Elle m'a assuré que non, du moins pas à sa connaissance. Ensuite, j'ai voulu savoir où et quand elle avait rencontré mon tonton. Sa réponse a été un peu confuse, parce que ça remonte au service militaire de Maurice Chevalier, mais j'ai compris qu'ils étaient tombés l'un sur l'autre à la faveur d'un Tinder musette sur les Grands Boulevards.

> MOI : Il devait être trop mignon, tonton, à vingt ans.
> GISÈLE : MIGNON ? Maurice était chaud comme une grenouille dégoupillée.
> MOI : Tout est gênant dans ta phrase.
> GISÈLE : HAHAHA ! Il me disait mets-toi à quatre pattes…

Je ne l'écoutais plus, un long SMS de ma sœur venait de me parvenir.

ARIELLE : *Pour mémoire aujourd'hui, il te faut : 1. Récupérer une procuration à la banque. 2. Régler la facture de la clinique et t'emparer du dossier médical de tonton. 3. Changer la serrure de l'appartement car je te rappelle que son trousseau de clés a disparu. 4. T'assurer de l'heure exacte de l'arrivée de l'ambulance demain matin. De mon côté, je visite ce jour plusieurs EHPAD, je t'en tiendrai informée régulièrement et, pour conclure, tu recevras par mail un bilan des recherches effectuées ainsi qu'une étude comparative des différentes offres. Je te prie de recevoir, ma chère sœur, l'expression de mes sentiments les meilleurs.*

J'ai relevé les yeux vers ma tante qui parlait fort et devenait rouge :

GISÈLE : Lui, il était derrière moi.
MOI : Qui était derrière toi, tata ?
GISÈLE : Maurice !
MOI : Viens, on dit qu'on n'est pas copines.

J'ai quand même poursuivi l'interview, avec la question que j'avais gardée pour la fin tant elle me paraissait délicate : était-elle toujours OK pour me signer une procuration sur le compte joint ? Elle a crié OUI en levant la main droite. Elle jurait devant Dieu qu'elle me filait de bon cœur un accès illimité à ce qui constitue le plus inaccessible de mes rêves d'enfant. Comme je l'aimais ma tata, comme il était doux ce moment.

En sortant de la banque, la procuration en règle dans mon sac, je me suis dit qu'il fallait immortaliser ce moment et j'ai aussitôt cherché la bande-son. Je ne voulais pas seulement d'un morceau festif, comme *Sans chemise et sans pantalon* de Rika Zaraï, mais un groove puissant pour cet instant historique. J'ai pensé à *Crazy in Love* de Beyoncé et Jay-Z, à cause de l'intro de winner, mais le texte était hors sujet, pareil pour *Smooth Criminal* de Michael Jackson qui m'est revenu à l'esprit à cause du clip : quand the King of Pop entre dans le ballroom, tous les regards convergent vers lui, là il lance à vingt mètres de distance une pièce dans le juke-box et la musique démarre. Aucun rapport. Pourquoi pas tout simplement un classique du disco genre *Celebration* de Kool & The Gang, une invitation à festoyer sans relâche ? « Let's all celebrate and have a good time. Come on ! » clame le poète. Idéal pour celle qui, par exemple, aurait remporté le concours du T-shirt mouillé au camping de la Grande Cascade à La Bourboule, ou venait comme moi de mettre la main sur un pactole.

Je me mets à danser sur le bitume, par mimétisme tata Gisèle aussi. Je lui propose de boire un verre à la plage. Soudain m'apparaît l'enseigne du JOA Casino Royal, et je me souviens qu'il n'y a pas si longtemps tata s'y rendait chaque jour, elle adorait les machines à sous. Elle est allée direct s'asseoir devant une bécane aux couleurs vives à l'effigie d'Aladin. J'ai injecté tout l'argent liquide que j'avais dans mon sac en la sommant de s'éclater, tandis que je commandais deux cocktails alcoolisés d'un bleu caribéen. Elle semblait rajeunir, elle souriait, regardait avec un émerveillement enfantin tourner les rouleaux et criait de joie pour quelques euros remportés. Elle a avalé son verre cul sec, j'en ai fait autant. Il était 11 heures du matin, comme je bois rarement de l'alcool, j'étais bourrée et elle, même pas. Du sang de pétroleuse coulait dans les veines de cette femme que j'avais toujours vue comme une adulte convenue, raisonnable.

Nous nous sommes dirigées d'un pas mal assuré vers la plage, pour boire frais en regardant la mer. Je levais les yeux vers les grands palmiers et tout chavirait autour de moi. Je repensais à mes vingt ans et aux fêtes que je faisais ici même sur le sable et dans les boîtes de nuit. J'avais quelques années de plus, suffisamment pour découvrir que la Côte d'Azur était superbe hors saison. J'ai choisi un jus de pamplemousse, elle a commandé la « boisson bleue qui met la tête à l'envers ». Nous avons fixé l'horizon en silence, et j'ai été prise d'un énorme spleen, comme une descente d'orgasme. Je ne pouvais m'empêcher de penser que ma tante jouait au casino et respirait les embruns pour la dernière fois. J'essayais de me raisonner pour ne pas culpabiliser d'être aux commandes de ce changement de vie d'une tristesse abyssale. Mais comment faire autrement ? Fallait-il les laisser à Mandelieu, à quelque mille kilomètres de nous, sans autonomie, incapables même de s'alimenter ? Sur les conseils de ma sœur, j'avais d'abord proposé à ma tante de mettre en place une aide à la toilette et un service de repas à domicile, mais elle avait vigoureusement refusé. Elle n'ouvrait jamais sa porte à personne. Ainsi, quoi que je ressente, en dépit de mes doutes et d'un kaléidoscope d'appréhensions, demain elle retrouvera ce Paris où elle a longtemps vécu et qu'avec son mari ils ont quitté pour vieillir sous le soleil du Sud qui filtre à travers ces palmiers-là.

Demain, Paris.

Paris et son pavé souillé de papiers gras. Paris et ses nuages de poussière qui font tousser. Paris et ses réfectoires d'EHPAD où l'on sert le dîner à 18 h 30 afin que le personnel de jour ne rentre pas trop tard chez lui. Les blouses blanches les serviront en leur parlant beaucoup trop fort – déformation professionnelle.

Je respirais mal et réprimais de justesse une envie de pleurer.

MOI : C'est l'heure de prendre notre taxi pour la clinique.
GISÈLE : Parce que tu vas nous emmener avec tonton à Paris et on va aller dans une maison de retraite ?
MOI : Si tu es toujours d'accord.
GISÈLE : Ben oui. Je te fais confiance.

L'ascenseur gris, le long couloir, l'odeur étrange, la 418, tonton Maurice sanglé à son fauteuil, Émile qui dort sur le côté.

GISÈLE : Regarde, c'est Sophinette !
MAURICE : On est très content.
GISÈLE : Elle va nous emmener dans une maison de retraite à Paris.
MAURICE : C'est vrai ? On est très content/on est très content.

À les voir si heureux dans cette chambre lugubre, à la veille du départ, j'hésitais désormais entre pleurer et mourir. Un coup de fil de ma sœur m'a permis de m'échapper.

ARIELLE : J'ai trouvé un EHPAD dans le XVIIIe. Ils vont rester un mois dans deux chambres séparées en attendant qu'un deux-pièces se libère dans une autre maison de retraite un tout petit peu plus loin. Elle est magnifique, il y a plein d'activités, c'est sérieux. Ils vont être très bien.
MOI : C'est cher ?
ARIELLE : Environ 10 000 euros par mois pour eux deux.
MOI : Ils font comment ceux qui n'ont pas d'argent ?
ARIELLE : Je ne sais pas. Ils proposent des ateliers pâte à modeler. Génial, non ?
MOI : Je sais pas, je suis bourrée.

L'assistante sociale avait déniché in extremis une ambulance pour le lendemain matin, elle viendrait chercher ma tante en bas de chez elle vers 7 heures, puis elle passerait prendre mon oncle à la clinique dans la foulée : 2 900 euros. Comment font ceux qui ne sont pas riches comme tonton Maurice ? J'ai payé le solde de la clinique et je suis remontée dans la chambre pour dire au revoir à Émile, mais il n'avait pas bougé d'un centimètre. Il dormait ou décompensait.

En rentrant, nous avons trouvé le serrurier devant l'interphone. Tandis qu'il changeait la serrure blindée de la porte d'entrée, nous sommes allées dans la chambre pour préparer deux valises : une pour ma tante, l'autre pour mon oncle. Ma sœur m'avait mailé une liste type d'affaires qu'elle avait chopée sur le site Internet de l'EHPAD. Elle comprenait des vêtements de jour et de nuit, ainsi qu'un nécessaire de toilette. Un inventaire semblable à ceux de mon fils quand il part en chantant pour un stage de piano. Tout s'est bien passé jusqu'au moment où il a fallu ajouter douze culottes.

GISÈLE : J'en ai pas !
MOI : Si, t'es comme tout le monde, t'as des culottes.
GISÈLE : Ah oui, j'en ai une sur moi.
MOI : Nan, tata, t'en as d'autres !

J'ai tellement insisté qu'elle a fini par ouvrir le tiroir de la commode où s'entassait une bonne cinquantaine de sous-vêtements plus ou moins assortis avec, en vedette, la fameuse culotte en gros coton beige que j'hésitais à chourave. J'ai pris le compte et quand elle s'est penchée pour extraire une trousse, je me suis souvenue d'Isabelle au déjeuner de nos cinquante ans, et j'ai tout de suite compris de quoi il s'agissait, d'autant que ma tante me regardait en riant grassement. Dire que je devrais être à la rédaction à cette heure-ci, mon casque sur les oreilles et les pieds sur le bureau.

GISÈLE : Ça, c'est ton héritage !
MOI : Non, non. Je ne suis pas du genre à attendre l'héritage des gens.
GISÈLE : Si, si. Tu vas être émue, je l'ai gardé spécialement pour toi.
MOI : Je t'en supplie !

Elle a défait lentement les lacets de la trousse pour en sortir un objet que je refuse de décrire ici, même si tout le monde a envie de savoir.

TOUT LE MONDE : Vas-y, c'est quoi ?
MOI : Une lampe torche.
TOUT LE MONDE : Et tu vas te la mettre où ?

Je tenais l'objet mécanique dans la main, c'est évidemment le moment qu'a choisi le serrurier pour faire irruption dans la chambre et me tendre sa facture. 1 600 euros ? Pour une serrure et quatre clés ?

SMS D'ARIELLE : *Ne pas oublier de couper l'arrivée d'eau avant de quitter les lieux. Bien cordialement.*
SMS DE MOI : *Ne pas oublier de réceptionner les yeuves demain à la mi-journée à l'EHPAD. Il y aura un cadeau pour toi dans le sac à main de tata. Je te prie d'agréer, chère Arielle, l'expression de mon très très profond respect.*

13

La maison close

Comme prévu, l'ambulance est venue chercher tata Gisèle à l'aube et a filé en direction de la clinique Méditerranée pour prendre son mari, puis elle a emprunté l'A7 vers la capitale. Comme prévu, je n'ai pas trouvé le robinet d'arrivée d'eau, je n'ai donc pas coupé l'eau, et je me suis installée en terrasse face à la gare en attendant mon TGV. Ma sœur guetterait l'ambulance devant l'EHPAD, et sitôt arrivée à Paris je l'y rejoindrais.

Le road trip à travers la France s'est déroulé sans complication, les ambulanciers m'envoyaient des photos toutes les deux heures environ. Maurice et Gisèle se régalaient de viennoiseries et de sandwichs tout en sirotant un café/gobelet. Ils souriaient. J'avais pris pour eux la meilleure décision, j'étais étonnée et ravie d'avoir mené à bien cette mission.

À ma descente du train, le taxi me dépose devant l'EHPAD de la rue Marcadet où ma sœur m'attend en téléphonant. Je m'extirpe péniblement du véhicule, fourbue par les tensions accumulées des derniers jours, la fatigue accrue par ce toujours trop long voyage en train. J'ai cent ans.

Mes yeux se posent sur l'enseigne de l'établissement.

MOI : La résidence des Œillets-Miniatures ? Mais pourquoi MINIATURES ? Et pourquoi pas la Villa des Lilas-Pouilleux ? C'EST TOUT CE QUE T'AS TROUVÉ ?
ARIELLE : Quelle importance ? C'est une annexe de la Villa des Œillets où ils s'installeront ensuite durablement.
MOI : On a l'air con de les envoyer dans un truc MINIATURE. Comment on va expliquer ça à MAMAN ?
ARIELLE : Tu me saoules, déjà que leur arrivée a été sportive. Monte les voir, tu vas comprendre.
MOI : L'entrée est normale ou faut se pencher ?
ARIELLE : Pourquoi tu ne te lances pas dans le stand-up au lieu de toujours critiquer les chanteurs ? T'aurais les couilles de monter sur scène, toi ?
MOI : Ça coûte combien, ici, par mois ?
ARIELLE : Je te l'ai déjà dit : 5 000 balles par personne, pas un euro d'aide.
MOI : Oups.

Je pensais aux politiques qui s'écharpaient à chaque élection sur les plateaux de télé, à leurs débats interminables droite/gauche autour de l'écologie, le pouvoir d'achat, le chômage, etc. Et le quatrième âge, qui en parle ? Les tarifs exorbitants des maisons de retraite (pour ceux qui peuvent se les offrir), la solitude des vieux et autres douleurs plus ou moins sournoises. Y a toujours un ministre ou un député pour rappeler qu'il faut remettre l'église au centre du village. Et si on replaçait les yeuves au cœur de la famille ?

Je visitais un EHPAD pour la deuxième fois seulement de toute ma vie. La première, c'était pour une enquête journalistique sur un vieux chanteur qui voulait me la faire à l'envers. J'avais déniché un témoin qui sucrait les fraises et si à la fin de l'interview je m'étais retrouvée avec son appareil dentaire sur les genoux, ça valait le coup parce qu'il avait également craché pas mal d'infos.

À l'accueil de la résidence minuscule, la standardiste est souriante, elle me tend le registre que signent les visiteurs à chaque entrée et sortie. De part et d'autre de la réception, toutes sortes de vieux plus ou moins accessoirisés, du déambulateur d'entrée de gamme au mec suréquipé en oxygène. Arielle s'avance vers eux, les salue un par un, s'inquiétant de leur santé sans leur réclamer le moindre rond. J'essaye juste de comprendre.

> MOI : Tu vas rouler des pelles gratos à TOUS les yeuves ?
> ARIELLE : Quand je croise des gens je dis BONJOUR.
> MOI : C'est pas des vraies gens, regarde, tu vois bien que ça bouge pas. On les a posées là pour la déco. Dans toutes les maisons de retraite ils disposent

des vieux un peu partout pour l'ambiance. Si tu vas à Amsterdam et qu'il n'y a pas de putes dans les vitrines, tu vas être déçue, oui ou non ? Ben c'est le même principe.
ARIELLE : Je te supporte de moins en moins.

Nous nous apprêtons à appeler l'ascenseur pour visiter Gisèle et Maurice quand une musique nous parvient au loin, d'une pièce fermée par une double porte vitrée peuplée d'autres vieux. Les plus malins ont pécho des fauteuils qui roulent. Direct, je vais voir. Un type anime un succédané de *N'oubliez pas les paroles*. Je m'assieds au fond de la salle, près du radiateur – vieux réflexe – à côté d'un type translucide et périmé qui me sourit timidement. Trop mignon. Il m'aborde sur le ton du murmure.

LE TRANSLUCIDE : Tu t'appelles comment ?
MOI : Sophie, comme Sophie Daumier, Desmarets ou Marceau. Et Delassein comme la grande journaliste de *L'Obs*. Et toi ?
LE TRANSLUCIDE : Albanu.
MOI : PUTAIN DE MERDE DE PRÉNOM ! Seule la mort peut te libérer d'un tel boulet.
LE TRANSLUCIDE : C'est corse.

L'animateur venait de changer légèrement les règles du jeu. À quoi bon s'échiner à demander à une tribu d'Alzheimer de se souvenir des paroles d'un tube de

Suzy Delair ? Il se lance désormais dans un QCM sur la chanson française. MON domaine ! Je suis à bloc, bien décidée à défoncer tout le monde. À la clé : un lot de quatre compotes pomme-châtaigne, mon luxe.

L'ANIMATEUR : Alleeeez. On se concentre. Jacques Brel chantait :
1. Mathilde est DEVENUE ?
2. Mathilde est REVENUE ?
3. Mathilde est DESCENDUE ?

Albanu me demande tout bas la réponse, et en hommage à notre complicité naissante, fulgurante, je lui file le tuyau quitte à perdre un point. Là, il hurle à travers la salle avec une voix de baryton sortie de nulle part : LA « 4 » : MATHILDE PUE DU CUL !

J'avais pas dit ça !

Tout le monde se tourne vers nous, enfin ceux qui le peuvent encore parce que au-delà de quatre-vingt-cinq ans, ta tête pivote moyen. Si par hasard ou par malheur tu conduis encore et que t'ambitionnes de te garer, t'as intérêt à avoir la caméra de recul en option. L'arthrose cervicale t'impose de regarder droit devant, et droit devant tu ne vois pas grand-chose non plus à cause de l'épaisse couche de cataracte, et voilà que tu confonds ton ficus et ton gendre. D'ailleurs, c'est le jour où ta fille s'aperçoit que tu insultes ton ficus qu'elle prend la lourde décision de te prendre une piaule aux Œillets.

Avec le translucide, on rit en se tapant sur les cuisses, à se pisser dessus, exaspérant un peu plus ma sœur. Elle m'en veut, persuadée que je suis à l'origine de cette vanne, donc de la pagaille. J'ai beau lui répéter que c'est I Muvrini qui a déconné, elle ne veut pas l'entendre. Le Nagui local remballe son matos en grommelant, jurant de ne plus remettre les pieds ici. Ma sœur me soulève par le bras et m'exfiltre de force. TU PEUX PAS T'EMPÊCHER !

On n'a jamais le droit de s'amuser, de toute façon, et ce depuis l'enfance.

Je fais copieusement la gueule dans l'ascenseur qui nous conduit au quatrième étage. Toutes les conditions sont réunies pour qu'on s'éclate, or Arielle s'échine à faire de ce moment le plus sinistre de la saison. Trop facile de repérer la chambre de mes aïeux, c'est la seule de l'étage où ça gueule. Je tente un demi-tour vers l'ascenseur avec la démarche ni vue ni connue d'Harpo Marx, mais ma sœur me rattrape par le sac à main. Oncle Maurice hurle très distinctement.

MAURICE : INTIFADA, NOTRE PEUPLE VAINCRA !

Tiens, tonton a fait une phrase. Mais quel rapport ?

MAURICE : ON EST CONTENT PAS. ICI C'EST PAS TOUT GRAND.

Pas tout grand l'EHPAD, miniature ! Je l'avais pas dit ? Je reprenais nettement le dessus sur ma sœur. Je m'apprête à ouvrir courageusement la porte quand une infirmière se jette sur nous. Elle parle très vite, très fort, et de son monologue se détachent des mots tels que : ESCALIER/CATASTROPHE/FÉMUR/IRM. Kool & The Gang se met à groover dans mon sac. *Celebration*, ma nouvelle sonnerie de téléphone, annonce un appel de ma mère. Elle vient aux nouvelles. Son frère est-il bien arrivé à Paris ? Est-ce que l'Ipad lui plaît ? Elle s'obstine à dire « Ipad », pas « EHPAD », ça ne veut pas rentrer. J'ouvre la porte de la sortie de secours d'un coup d'épaule pour lui épargner les hurlements de son frère.

MOI : C'EST GÉ-NIAL, hyper-propre, dès l'entrée t'as un comité d'accueil chaleureux, des gens gentils avec qui on se fait amis en deux secondes, il y a du gel hydroalcoolique en cascade et un dress code assez strict : du blanc, des masques, des gants. Il paraît que Micheline Dax a vécu ici, elle sifflait dans les couloirs !
SARAH : On s'en fout de Micheline Dax, non ?
MOI : Un peu.
SARAH : Et mon frère ?
MOI : Tonton Maurice ? Égal à lui-même. Comme on le connaît, comme on l'aime. Il a tout de suite pris ses marques, d'ailleurs il est là depuis à peine deux heures et déjà ça crie/ça chiale/ça casse des

verres ! On se croirait dans un cabaret russe à 4 heures du mat.

SARAH : Ah ! tu ne peux pas savoir comme je suis soulagée.

MOI : Et moi, alors ! Je te laisse, Arielle s'impatiente. Je crois qu'ils ont organisé un pot de bienvenue. Dommage que tu ne sois pas là.

SARAH : La femme de ménage…

Une bonne partie du staff est réunie devant la porte de la chambre où ma sœur entame le processus de paix. À peine arrivé, mon oncle avait poussé une vieille dame dans le couloir, on ne savait pas encore si elle avait quelque chose de cassé, le col du fémur par exemple. Heureusement que je suis là pour calmer le jeu.

MOI : Je me permets d'intervenir. Ce n'est pas pour excuser mon oncle, mais cette vieille dame n'aurait-elle pas grillé la priorité à droite ?

LA CHORALE : PARDON ?

MOI : Il a toujours été obsédé par la priorité à droite, y compris en politique.

J'entre dans la chambre, suivi par les mille choristes aussi vénères que les Chœurs de l'Armée russe. Et, effectivement, ma présence apaise immédiatement mes aïeux. Je pose ma valise et l'ouvre pour en sortir une réplique MINIATURE d'un paquebot de croisière que j'avais prise le matin même dans le bureau de mon oncle à Mandelieu. Je le pose délicatement sur la table.

MOI : Le capitaine du *Precioza* est heureux de vous accueillir à son bord et vous offre cette brique de jus d'orange en guise de bienvenue. Le bateau quittera le port dans moins d'une heure.
MAURICE *(l'œil méfiant)* : Où ça va ?
MOI : Mykonos !

La joie est palpable, tout le monde sourit, certains applaudissent. Je rapporterai un truc typiquement grec dans la semaine, de la feta et ce vin local, blanc et fruité, dont le nom me reviendra un jour.

J'étais quand même et définitivement une sacrée meuf, j'avais du swing. Alors, pourquoi ce manque d'ambition professionnelle ? C'est dans cet état d'esprit que je suis arrivée au journal le lendemain matin, déboulant directement dans le bureau de mon chef de service, bien déterminée à obtenir une requalification de mon poste, en l'occurrence à la hausse.

JÉRÔME GARCIN : Grand reporter chanson ? 1. Je ne sais pas si ça existe. 2. Ce n'est pas un peu exagéré pour une journaliste dont la mission la plus périlleuse est d'entendre Alain Souchon au Casino de Paris ?

Je suis allée m'asseoir devant mon ordinateur avec la démarche d'Harpo Marx quand il est frappé de mélancolie et j'ai fait semblant d'écouter le nouvel album d'Alex Beaupain en cherchant des infos scientifiques de base sur la maladie d'Alzheimer : symptômes, espérance de vie, etc. J'avais besoin de savoir quelle sorte de bombe avait fait exploser la lucidité de mon oncle.

14

2 × 2 = gentille licorne

Le panneau « vendu » accroché au portail d'une maison à la campagne. Coluche au *Jeu de la vérité*. *Les Merveilleux Nuages* de Françoise Sagan. Le *Gangnam Style*. La vieille dame sous le drap. Le chien Pollux. Mes doigts écartés devant un feu de bois. Francis Bacon. « Je, je, suis libertine ». Ségolène Royal sur le bulletin de vote. La passion Deneuve. La mort du RPR. La scène du viol dans *L'Été meurtrier*. Devaquet au piquet. Le cadeau Bonux. Tian'anmen. Le conseil de classe. Le port de Ouistreham. Les 14 Juillet de l'enfance. La voix de Georges Moustaki. *Passion simple* d'Annie Ernaux. La mariée se rétracte. « Avec Carla, c'est du sérieux. » Lady Di sous le tunnel.

Un jour, peut-être, Alzheimer effacera tout ce que j'ai vu, lu, entendu, ressenti.

Anouk Aimée et Jean-Louis Trintignant dans l'ascenseur. Le premier jour d'école. La péridurale. Le soleil dans la nuque. Métro Abbesses. *La Mariée mise à nu par ses célibataires* de Marcel Duchamp. *Les gens qui doutent* d'Anne Sylvestre. Les coquillages à marée basse. New York la première fois. Gabin et Belmondo dans *Un singe en hiver*. La Pitié-Salpêtrière. Deauville en décembre. *Le Masque et la Plume*. Le dépose-minute de l'aéroport Nice-Côte d'Azur. Un Coca Zero. Aragon *by* Ferré. La Méditerranée. Mes cousins sur la plage. *Le Mal de vivre*.

Un jour, peut-être, Alzheimer effacera tout ce que j'ai vu, lu, entendu, ressenti.

Annie Girardot ne se souvenait plus d'avoir incarné Gabrielle Russier dans *Mourir d'aimer*, et du reste non plus ; de Simone Veil ne restait que l'enveloppe charnelle.

Tonton Maurice ne sait plus qui il est. Nom, prénom, date de naissance ? Aucune idée. Jadis, il ne se passait pas un jour sans qu'il n'évoque feu ses parents, à présent quand il regarde leurs photos jaunies, il lève silencieusement vers moi un regard éperdu de tristesse. Il ne reconnaît que vaguement ces visages qui font remonter le drame originel des abysses de sa mémoire. Un drame, mais lequel ? C'est mieux ainsi, peut-être.

Alzheimer a le pouvoir de la touche *erase* sur le clavier de mon Mac, de l'encre sympathique, de la marée haute sur les châteaux de sable, de l'averse sur la marelle, de la gomme sur le crayon HB, de l'éponge humide sur le tableau noir de l'enfance. « Parmi tous les souvenirs, ceux de l'enfance sont les pires », écrivait Monique Serf et chantait Barbara. Ni récents ni anciens. Tout ce que le disque dur a accumulé se consume. Nous avons eu cette conversation au bureau : mieux vaut-il perdre la tête ou conserver toute sa conscience et perdre la mobilité de son corps ? Chacun est rentré chez soi sans avoir tranché.

Oncle Maurice avait perdu la tête en quelques mois seulement, j'avais beau *rétrospecter*, rien ne laissait présager un Alzheimer en embuscade. Avant l'été 2019 dans la chambre 418 de la clinique Méditerranée, son comportement ne m'avait pas troublée. Les médecins, ceux de Mandelieu, ceux de Paris, étaient pourtant formels dans leur évaluation : MMSE < 5. À l'issue du test Mini-Mental State Examination, comme il avait bon à moins de trente réponses, il avait été déclaré dément. Perplexe et têtue, je cherchais sur Internet d'autres éléments d'analyses. Je compulsais des articles savants, écoutais des spécialistes en podcast. Ça m'intriguait beaucoup, et j'y pensais même pendant les séances de méditation que me prodiguait mon *Petit Bambou*. Comment la raison d'un homme peut-elle si subitement disparaître, quel mauvais tour d'illusionnisme avait plongé sa mémoire dans le bouillon des *kneidler* au point de s'y noyer ? Écartant désormais tout ce que je savais ou ne savais pas, par lassitude, paresse, je décidais de m'en tenir à un état des lieux déniché sur un site de vulgarisation qui classait la pathologie en sept étapes. À la première, rien de spé ; à la dernière, la phase terminale, tu ne parles quasiment plus, tu ne contrôles même plus tes gestes, tes héritiers se refilent le nom de ton notaire et les premières engueulades éclatent pour déterminer qui repartira avec ton lave-vaisselle et les tabs Finish Powerball. De 1 à 7, donc.

Ravie de ma trouvaille, j'imprimais le tout et filais au Monop pour jeter compulsivement dans un panier du papier millimétré, un double décimètre, un critérium et une gomme. Le portable en mode avion afin de mieux me concentrer, je traçais dans la marge une échelle pour inscrire une croix à l'endroit où Maurice se situait d'après mes récentes constatations. J'hésitais entre 4 et 5. À l'étape 4, dite déficit cognitif modéré, entre autres galères, le patient ne se souvient plus de ses tables de multiplication. Pour être certaine de placer correctement la croix, j'entreprenais un voyage d'étude à l'EHPAD. Mon fils insistait pour m'accompagner, j'en étais ravie, même attendrie, toutefois je devais l'avertir de la violence psychologique de l'endroit (Robert n'avait que quinze ans). C'était une maison où des araignées géantes tissaient d'immenses toiles, où des esprits maléfiques criaient hou ! hou ! dans les couloirs, la peur régnait car la mort était omniprésente : elle se déplaçait d'étage en étage, silencieuse et menaçante, capable d'abattre sa faux à tout moment sur la calvitie de n'importe quel yeuve.

Ne pas flipper, mais prudence. C'est comme Halloween, mais pour de vrai. Mon fils a dit « deux secondes » et a filé dans la salle de bains pour en ressortir les lèvres recouvertes d'une épaisse couche d'un gloss mauve foncé, sapé en minijupe et chaussettes hautes. Il a chaussé ses Doc Martens montantes noires vernies. Je suis prêt. Nous nous sommes serrés fort dans les bras avant de quitter l'appartement. Qui sait dans quel état nous y reviendrons. Si nous y revenons.

Mon fils, mon bébé. Robert Delassein, ça fait classe, ça sonne Robert De Niro. Le mien m'en veut beaucoup, parce que tout le monde l'appelle Bob et il trouve que c'est pire que Robert.

Pour l'anecdote, je me souviens d'avoir perdu les eaux en jouant au flipper dans un café de la place de Clichy. J'ai moins fait la maligne le matin de sa circoncision. Arielle se tenait à mes côtés, sa foi toute neuve lui conférait une sérénité qui me sciait.

ARIELLE : C'est magnifique, par ce geste ton fils entre dans l'Alliance.

Moi, je pensais aux mini-saucisses, les Knacki Herta Cocktail.

Robert est un génie. À sept ans, il me scotchait déjà :

ROBERT : On doit suivre quel cursus pour choper un ministère régalien ?
MOI : Faut passer CE2.

Depuis peu, il se dit non binaire, ni masculin ni féminin. Il veut se définir comme bon lui semble, il a choisi d'être une licorne. J'ai dit OK pour l'abolition du genre, pour la teinture rouge également.

Et je suis entrée dans la chambre de Gisèle et Maurice suivie d'une licorne à la chevelure flamboyante et au sourire mauve.

Rien de tout cela n'a choqué les Finkelstein. En revanche, Maurice ne comprenait pas comment je pouvais avoir un enfant aussi grand. C'EST TON FILS ?/C'EST TON FILS ?, multipliés par vingt. Gisèle soupirait : « Il s'appelle Robert, tu le connais ! » C'EST TON FILS ? Stupéfait, tonton, aussi sonné que si, par une malversation quelconque, un inconnu avait siphonné son « Plan Azur ». À la quinzième C'EST TON FILS ?, j'ai compris. Pour lui j'avais moi-même encore quinze ans. Il n'était inscrit nulle part dans le récap des sept étapes de la maladie qu'on pouvait bugger à une période très ancienne, j'étais bien embêtée pour la croix. Le dialogue ne plaisait pas trop à mon fils, il attendait que je leur dise, pour la licorne.

MOI : En fait, Robert est bien mon fils, mais il n'aime pas trop qu'on dise ça. Comment vous expliquer ? Il se définit comme une licorne.
MAURICE : AH ? On est correct là.
GISÈLE : Moi aussi j'adore les licornes. Tu vois, j'ai été élevée pour devenir une bonne épouse. Il ne reste plus grand-chose de très réjouissant de

ma vie, à part quelques voyages et des après-midi devant des machines à sous qui tournent dans le vide. Le reste, c'était cuisine/ménage/cuisine/ménage. Prends ta liberté parce que personne ne t'en fera cadeau.
ROBERT : Je suis hyper-surpris, j'avoue.
GISÈLE : Tu pensais que j'allais te juger ? Mais PERSONNE n'a le droit de te juger. Je vais te dire mieux : il ne faut pas avoir peur d'être détesté, c'est ça la vraie liberté.
ROBERT : Mais je l'adore cette nouvelle tata !
GISÈLE : Bisous la licorne ?

Gisèle ne cessait de me surprendre, je me rendais compte que je la connaissais très mal. En fait, j'étais carrément passée à côté et je le regrettais. De voir Gisèle et Robert enlacés procurait un grand bonheur à Maurice.

MAURICE : C'est tout le monde gentil, on est content !

C'est tout le monde *très* gentil, même, mais moi je ne perdais pas de vue l'objet de cette visite : l'épreuve dite du calcul mental. Au moment où je m'apprêtais à jouer avec patience à la prof de maths de CM1, une cadre m'a fermement invitée à sortir de la chambre. Elle devait IMPÉRATIVEMENT me PARLER/GUEULER dessus. J'ai juste eu le temps de glisser à l'oreille de mon fils que je lui confiais mon oncle, qu'il lui fasse réviser ses tables de multiplication en mon absence. Il m'a répondu par un SMS du regard : « kes ta di ??? »

La cadre était passablement remontée, en moins d'une semaine mon oncle avait foutu le boxon dans son établissement. Elle passait sur ses hurlements diurnes/nocturnes, les plateaux-repas renversés dans un fracas, l'urine dans le lavabo, la confiture dans le verre à dents, la fourchette dans le cul. En revanche, l'uppercut dans le ventre de l'aide-soignant de nuit, c'est NON. Tandis qu'elle répétait JE NE LE TOLÈRE PAS/JE NE LE TOLÈRE PAS, je déplaçais mentalement la croix à mi-chemin entre force 5 et 6.

> LA CADRE : Heu-reu-se-ment que c'est du provisoire !
> MOI : Parce que tu pensais que j'allais abandonner les miens dans ton bar à putes ?

Je n'ai pas dit ça. J'étais sincèrement désolée, l'attitude de mon oncle était inacceptable WESH. La maladie ne pouvait pas tout excuser. Quand je suis retournée dans la chambre, mon fils semblait profondément déçu : oncle Maurice n'avait même pas réussi à calculer 2 × 2. En plus, il lui avait demandé de lui lacer ses chaussures, et tandis qu'il s'exécutait, accroupi à ses pieds, le vieux tapotait la tête de Robert : « Gentille licorne. »

> ROBERT : Il est pire que toi en maths et il me traite comme un caniche.

J'ai renoncé à faire la leçon à mon oncle, pour l'uppercut. Je me disais que ça ne servait à rien, il oublierait aussitôt. J'avais peut-être tort. Avec Robert, nous avons dit au revoir à Gisèle et à Maurice, et comme l'unique ascenseur restait bloqué à un étage inférieur, nous avons emprunté l'escalier. Ma licorne était heureuse de les avoir rencontrés, elle voulait revenir souvent, et même sans moi. Je garderais un souvenir tendre de cette visite.

C'est ça, remettre les vieux au centre de la famille.

Nous avons emprunté les escaliers, sauf qu'au lieu de sortir au rez-de-chaussée, nous nous sommes perdus au premier étage, dans l'impossibilité de s'en échapper. Toutes les portes étaient verrouillées par un code : des escaliers, de l'ascenseur, du bureau du personnel. On ne croisait aucune âme crédible dans les couloirs, et des hurlements effrayants nous parvenaient des chambres et/ou des bouches d'aération. Ça faisait hou-hou, en pire. On courait partout, on se cognait dans les murs, à présent poursuivis par des morts-vivants éclairés à la bougie, le teint vert et les yeux jaunes, bavant sur leur camisole. Ils allaient nous attraper, nous dépecer.

ROBERT : TU DÉCONNAIS PAS QUAND TU DISAIS QUE C'ÉTAIT LA MAISON HANTÉE ?
MOI : BIEN SÛR QUE OUI !
ROBERT : J'AI PEUR !

MOI : J'ai compris : on est enfermé à l'étage Alzheimer.

Une infirmière a fini par nous libérer et nous avons dévalé les escaliers main dans la main. À l'entrée, un monsieur longiligne appuyé sur une canne hurlait sur la cadre de tout à l'heure. Il voulait se rendre chez le coiffeur, elle l'en empêchait fermement. Il menaçait de s'énerver, elle aussi. Je me suis permis un très léger : ET LUI, C'EST DU PROVISOIRE ? Je n'avais jamais pensé qu'on interdisait aux résidents de sortir seuls de l'enceinte de l'EHPAD, ne serait-ce pour une heure ou deux. J'ai fait une halte à l'accueil pour demander le code, je ne savais pas qu'on pouvait l'avoir. Avec la dame, on devait chuchoter afin que le grand monsieur ne chope pas le sésame au vol et ne fugue chez Franck Provost.

C'est Christophe Colomb/Le monsieur ?/Non, le code !/Ah, comment on écrit Christophe Colomb avec des chiffres ?/Vous faites 1492/L'Amérique !/Oui/Au pire si je ne me souviens pas de la date, je regarde sur Internet/Oui/C'est pratique/Oui/J'aurais préféré 1960/Pourquoi ?/L'élection de Kennedy/Ben non/Ben d'accord.

1492. Sur le trottoir, mon fils et moi sommes pris d'une euphorie soudaine, compréhensible. La liberté est savoureuse. Nous réalisons sans nous le dire qu'elles ne sont pas éternelles ces jambes souples qui font des bonds sur le pavé. Nous achetons des glaces Berthillon au coin de la rue et une papaye découpée chez le primeur. Sur la petite place face à la mairie du XVIIIe, on s'écroule sur un banc pour regarder tourner manège, et je crois repérer parmi les gamins le plus férocement ambitieux de tous, celui qui me succédera un jour au poste de journaliste chanson. Autour, leurs parents s'échangent des recettes de tofu. Il y a des bobos et un doux soleil d'automne. Nous avons des désirs, des projets, et Montmartre ce jour-là est le plus bel endroit du monde. Robert jure de ne jamais me placer en EHPAD et de ne jamais mettre un digicode à ma porte pour contrarier mes envies de lissage brésilien.

Je souhaite qu'Alzheimer n'efface jamais de ma mémoire notre complicité.

15

Maître Pompon

Porte de Clichy, je longe le collège Honoré-de-Balzac où j'ai pas mal redoublé jadis, quand deux racailles en décapotable me sifflent. Je suis perdue, je ne sais qu'en penser car autant je me revendique d'un féminisme hard-core, autant j'apprécie qu'on rende bruyamment hommage à ma parfaite silhouette de MILF. Du cabriolet s'échappe *Djadja*, le tube d'Aya Nakamura, celui qui m'obsède et transforme mes neurones en boule à facettes. Étendre le linge, Djadja. Monter dans le bus, Djadja. Réunion culture, Djadja. Tenace.

J'entre dans le nouveau palais de justice, et quand vient mon tour de franchir le portique, le vigile m'ordonne de me déshabiller sans préciser à quel point. L'audition qui m'attend est cruciale : je réponds à la convocation du juge du pôle de la protection des majeurs, si je me tiens correctement je me verrai confier la tutelle d'oncle Maurice, de tante Gisèle et de leur carte Gold. Pour l'occasion, je me suis déguisée en adulte, commençant à froncer les sourcils depuis la veille au soir afin d'intégrer le fait que j'étais dans le camp des gens responsables, avec une putain d'aptitude aux tâches assommantes. Je traverse le vaste hall et sa magnifique hauteur sous plafond d'où pendent des ampoules LED par dizaines. Je saute pour essayer d'en attraper une, ce jeu me permet de conjurer ma frayeur que l'une d'elles me percute la tête en tombant. Ça fait partie de mes angoisses de me faire assommer par un lustre, et ce depuis l'enfance.

Dans la salle d'attente, je consulte vite fait mes mails en attendant mon avocate. L'application *Petit Bambou* me rappelle sans me brusquer que j'ai un peu délaissé le cycle « lâcher prise », Etam me convie à une vente privée de bodys en dentelle, Doctolib confirme ma séance de rééducation du périnée, une attachée de presse indé propose une rencontre exclusive avec Petula Clark et j'en déduis qu'elle vit encore. Bilan : 50 % de ce qui constitue ma vie à cinquante ans se passe sous la ceinture.

En quête d'apaisement dans la salle d'attente glaciale, je reprends le cycle « lâcher prise ». La voix suave me demande de me concentrer sur ma respiration, et aussitôt je réalise que ça fait des lustres que je ne me suis pas roulé un joint.

Pendant ce temps, maître Pomponette m'envoie des SMS hirsutes en rafales. Elle s'excuse et s'excuse encore de son retard. Dans le film de Marcel Pagnol, *La Femme du boulanger*, Pomponette menace toujours de ne pas revenir, et seul son chat sait où l'infidèle est encore allée souiller ses jupons. J'ai une montée de stress car c'est une de mes angoisses que les gens que j'attends ne viennent pas, et ce depuis l'enfance. Peu m'importait que l'avocate soit rompue à la tutelle. J'avais choisi maître Pompon sur Internet, uniquement sur ce patronyme qui évoquait Pagnol, les marchés de Provence, l'huile d'olive pressée à froid et le chant des cigales julio iglesian.

Dès la première rencontre dans un café du boulevard du Montparnasse, j'ai eu un gros crush pour maître Pompon, cette jouisseuse de la vie égarée dans l'austérité de sa profession suite à une tragique erreur d'aiguillage. Maître Pompon est faite pour le topless, les jéroboams de champagne, les *fun party* curatives de Martin Solveig. Son corps tout entier appelle la plage.

Impression confirmée quand elle arrive au pôle de la protection des majeurs en s'éclatant le front contre la porte vitrée de la salle d'attente. Maître Pompon n'est pas d'humeur à miauler car, je cite : « Cette folle d'Hidalgo a foutu le boxon dans Paris avec ses travaux/son tramway/ses trottinettes... » Dans sa colère, l'avocate omet de citer la prolifération de rats dans les rames du métro et sur les pelouses des jardins publics. Son décolleté (estimation basse 95 D) me laisse dubitative, je fais le lien avec son retard, d'autant qu'une perle de sueur pailletée s'apprête à trépasser entre ses seins. Elle a sûrement participé au concours de Miss Barreau de Paris, il se serait éternisé. Elle ouvre en râlant son cartable bondé de dossiers lourds, en sort sa robe qu'elle enfile à la va-vite. Je me demande si elle va assurer face au juge, je me réponds que je ne vois pas comment. Je lui explique comment Aya Nakamura a remplacé Léo Ferré dans la liste de mes artistes préférés, et lui propose de tirer sur un joint aux toilettes histoire d'arriver plus cool au grand oral. « Pfff », répond-elle sobrement.

LA GREFFIÈRE : MADAME DELASSEIN !

Panique.

Au bout d'un dédale de couloirs, un bureau ouvert sur une grande baie vitrée avec vue sur les travaux engagés par la mairesse de Paris. Dans ledit bureau, la greffière et à côté d'elle la juge en majesté qui m'apparaît d'emblée comme bienveillante. J'opte pour le silence, le moyen le plus sûr de ne pas dire trop de conneries. Mon mutisme envoie maître Pompon en première ligne, elle domine parfaitement la situation, évoquant Gisèle et Maurice en habituée, comme si elle avait mangé une raclette chez eux la veille. Elle les appelle les époux Finkelstein, et j'aime particulièrement cette formule qui les apparente aux monstres de faits divers. J'imagine leurs noms en gras à la une des quotidiens : « TROIS BÉBÉS TUPPERWARE DANS LE GARDE-MANGER DES ÉPOUX FINKELSTEIN », « LES ÉPOUX FINKELSTEIN NIENT AVOIR ÉPLUCHÉ LEUR VOISINE À L'ÉCONOME », « DEUX LIMANDES RETROUVÉES MORTES DANS L'ASSIETTE DES ÉPOUX FINKELSTEIN ».

La musique cesse brusquement dans mon crâne, quand la reine des juges précise que la tutelle est une mission BÉNÉVOLE, seuls les frais engagés pour les besoins des terrifiants époux Finkelstein me seront remboursés – sur justif.

L'audience touche à sa fin. Maître Pompon salue la juge et sa greffière avec une légère déférence, et mon corps imite le mouvement lent du sien comme si j'étais l'ombre de mon avocate. Puis je prends l'initiative de quitter le bureau un peu penchée, en marche arrière, comme l'archiduchesse Sophie devant cette pisseuse de Sissi devenue impératrice.

> MOI : Faut que je fasse quoi ? J'ai rien compris.
> MAÎTRE POMPON : Il vous incombe de gérer les affaires courantes des époux Finkelstein comme les vôtres.
> MOI : Et dans le cas où ils assassineraient sauvagement la standardiste de l'EHPAD à coups de couteau, qui va en taule, sérieux ? MOI ?
> MAÎTRE POMPON : ...

Devant le palais de justice, aux abords du périphérique, je dis au revoir à maître Pompon en me demandant ce qu'elle compte faire de son après-midi : yoga nidra ou atelier peinture sur soie ? Un imposant dossier de divorce l'attend et cette perspective fait jaillir des larmes de désolation. Sa tête vient se lover au creux de mon épaule, inondant ma veste Claudie Pierlot qui ne supporte que le nettoyage à sec. Pauvre maître Pompon !

Avant de filer à l'EHPAD, je demande à mon avocate si elle sait quand Christophe Colomb a découvert l'Amérique ?

1492/le registre à l'entrée/les vieux sur fond gris/l'ascenseur jusqu'au quatrième étage. Mon oncle et ma tante font la sieste et, après avoir vérifié qu'ils étaient l'un et l'autre bien vivants – ça ne sautait pas aux yeux –, je profite de leur sommeil pour annoncer solennellement qu'une fois le jugement rendu, j'aurai l'honneur de veiller officiellement sur eux en qualité de tutrice. Je prends leurs ronflements pour de pudiques soupirs de soulagement. Toutes ces émotions m'ont ouvert l'appétit, alors je dévore les deux tranches de Savane et vide les briques de jus de pomme. L'avantage des Alzheimer force 5, c'est que s'ils réclament le quatre-heures qu'on leur a déjà servi, tout le monde pensera qu'ils l'ont pris et ne s'en souviennent pas. J'ai mangé trop vite, un terrible coup de mou s'ensuit et je m'effondre dans un fauteuil roulant protégé par une alaise pour mater le jeu *Pyramide*. J'y comprends rien, ça me détend. Un mec dit « banane », l'autre réfléchit deux plombes, tic-tac-tic-tac, puis il se lance : « euh… aspirateur ». Et il gagne ! Ce jeu est basé sur des capacités cognitives dont je suis dépourvue. Si on me dit « banane », je réponds « mécanique », comme tout le monde.

À la nuit tombée, j'ai mesuré l'ampleur du bordel : moi, tutrice de tonton Maurice ? Voilà que je prends le contrôle de celui qui m'a toujours tétanisée, et ce depuis l'enfance.

16

Les vautours n'ont pas d'orgueil

À l'époque où j'étudiais l'histoire de l'art, avec Barbara on se voyait de loin en loin dans les couloirs de la fac, jusqu'au jour où elle s'est assise à côté de moi en art moderne. En plein hiver, elle crevait de chaud, ça sentait un peu. La ménopause s'abattait plutôt sur nos grands-mères, comment pouvait-on subir des bouffées de chaleur d'une telle intensité à dix-neuf ans ? Sur la toile, le prof projetait un nu, une diapo de l'*Olympia* de Manet. Je n'écoutais pas son développement, le pourquoi ce tableau était criant de modernité, pourquoi il avait provoqué un énorme scandale en son temps. Moi, je voulais comprendre comment Barbara s'était transformée en chaudron. J'ai dit « ça va ? », elle a répondu « non », puis elle a murmuré qu'elle dégoulinait de désir pour le prof. QUI, LUI LÀ-BAS ? Je devais impérativement garder cette information secrète. C'était la tempête dans ma tête, j'étais trop jeune pour admettre qu'on puisse projeter d'enlever son string pour un type aussi âgé, d'un beige dominant (du col roulé au pantalon en velours), qui pue l'eau de Cologne du Mont-Saint-Michel, et porte un prénom de Poilu, à savoir Marcel.

Les années ont passé, Barbara n'a jamais réalisé son fantasme – du moins, pas à ma connaissance –, et en bonne fille de la bourgeoisie, elle a fini par épouser un cousin éloigné qu'elle a fait semblant d'aimer, avec qui elle a couché quatre fois = quatre mômes. Elle a divorcé le plus vite possible, au prétexte qu'elle voulait sortir tous les soirs sans qu'on lui demande « tu vas où ? » chaque fois qu'elle s'approchait de la porte d'entrée – de sortie en l'occurrence.

J'adorais Barbara, je l'adore toujours.

Trente ans après, une nuit, je reçois ce SMS : « Mon père est carrément DCD. À cause des grèves, je suis arrivée trop tard à Nantes pour lui dire adieu. Enterrement vendredi. J'aimerais que tu sois là. » Réponse : « J'ai l'impression d'avoir déjà vécu cette scène. Peu importe. Tu me prends par les sentiments, je rate rarement un enterrement », assortie d'un smiley en larmes et d'une icône gâteau. Car autant c'était contrariant que son père rejoigne les cieux aussi brusquement, autant sa mère cuisinait divinement bien. Et puis ça faisait un bulletin de moins en faveur du Rassemblement national. J'étais assez partante pour une virée en Bretagne.

Barbara étant le seul cerveau de la famille fonctionnant à vitesse normale, on l'avait désignée pour organiser l'inhumation du chef de famille. Nous avons poussé la porte du premier concessionnaire de cercueils venu. L'expérience m'excitait énormément, j'étais très chaude, en plus ça me ferait un bon training pour le jour où, à mon tour, je devrais organiser ce type de réjouissances. Pour les époux Finkelstein, par exemple, mais le plus tard possible.

Le commercial avait la gueule de l'emploi, on aurait dit Mathias Bones, le croque-mort dans *Lucky Luke*. Il a tout de suite capté que c'était notre toute première fois. Il a déplié le catalogue des cercueils, de 1 100 à 4 000 euros, on a choisi le modèle Bouton d'Or, en pin massif d'un bois clair, au « prix cassé » de 1 900 euros au lieu de 2 200. Nous nous sommes assurées auprès du spécialiste que la boîte fermait correctement, au cas où ça lui prendrait au défunt de revenir pour voter aux régionales. Barbara a sorti sa CB, le type a levé la main : « Tatata, c'est loin d'être fini. » Il nous a ensuite fourgué plein d'accessoires : un capiton en dentelle, six poignées, quatre croque-morts, un curé, le corbillard Mercedes, un monument funéraire en granit foncé et la jardinière assortie. « Argentées ou dorées, les inscriptions ? » a demandé le marchand de sommeil éternel. Au terme d'une rapide concertation, on a choisi l'argenté. Barbara a déroulé le texte :

À notre père,
grand-père, mari, ex-amant,
ami et frère de zinc
bien-aimé
Jean-Marie Quéméneur-Le Guyovar'ch
(1940-2019)

Le gars a commencé à compter les chiffres et les lettres avec la bille de son stylo, car tu me crois si tu veux, la gravure se paye au nombre de caractères. Barbara m'a regardée, hallucinée, ça allait faire cher d'autant que le défunt daron avait un blaze interminable. J'ai demandé si, comme au Scrabble, certaines lettres coûtaient plus cher que d'autres, le « Q » ou le « Y », par exemple ? Si oui, Barbara pourrait-elle payer en plusieurs fois sans frais, comme chez Darty ? Comme il n'a rien répondu, elle a sacrifié « bien-aimé » parce que c'était abuser, puis tout le début, et enfin les parenthèses qui encadraient les dates. Elle a aussi viré le capiton, n'a commandé que quatre poignées au lieu de six et deux croque-morts au lieu de quatre. Le type a imprimé le devis en soupirant, alors que ça faisait quand même un total de 9 873,23 euros. On fixait le montant des yeux, pensant à tout ce qu'un type valide pouvait s'offrir de cool avec une telle somme : de la Mini-Austin d'occasion au week-end shopping à New York City.

> LE CROQUE-MORT : On accélère ? J'ai pas que vous à enterrer aujourd'hui. Dans notre business comme au tire-fesses, c'est le rush en hiver.

Pour consoler Barbara, je lui ai fait observer que la somme, aussi exorbitante soit-elle, correspondait au prix de deux ou trois mois dans un EHPAD, selon que t'installais ton ancêtre dans un bouge ou un palace. Là, on est sur un one shot. Elle a dit « ouais, pas con ! », mais ça se voyait qu'elle ne comprenait pas ce que je disais.

Nous avons une halte au pavillon des parents de Barbara pour nous changer, nous ressentions le besoin de faire la fête paradoxalement. Quand elle est sortie de sa chambre d'enfant, j'ai trouvé la tenue de ma vieille amie pas très appropriée vu le contexte, mais je n'ai rien dit. Nous avons passé la soirée au Bar des Assoiffés pour la finir au Donjon, la discothèque du coin où Barbara a roulé des pelles à des Copains d'avant, tandis que je testais consciencieusement chaque cocktail. Au petit matin, comme le pavillon des parents de Barbara avait disparu de la banlieue nantaise, on a dormi dans la voiture garée devant l'enceinte du cimetière. Barbara était magnifique en Cathy Guetta : robe de satin rose, bas résille noirs, manteau à col en fourrure, lunettes fumées en forme de cœur. Deux grammes d'alcool dans le sang. Le cortège ayant pris du retard, elle a eu le temps de vomir derrière un arbre et moi de lui exposer mes projets. J'avais l'idée d'un bon business pour Barbara et moi dans une autre vie : on ferait une grosse levée de fonds pour une start-up de taxi-corbillard qu'on appellerait « La Mort au Tournant », par exemple. Si le tien tarde trop, tu peux héler celui qui passe. Pratique.

Le corbillard Mercos a fini par arriver, Barbara l'a suivi en chialant et en titubant. Puis, coude appuyé sur le cercueil, la reine des nuits nantaises s'est lancée dans un éloge funèbre improvisé, confus et finalement poignant. Je criais : « BRAVO BARBARA, TU DÉCHIRES,

POUPÉE. » Quel panache, quelle émotion, quel miracle qu'elle ne soit pas tombée dans le trou !

Pour le kif de me prendre des câlins, je me suis plantée à côté de la mère de Barbara au moment des condoléances. C'est ainsi que j'ai pu entendre sa cousine Charlotte demander si elle pouvait récupérer la voiture du défunt, vu que la sienne venait de la lâcher. Elle n'aurait pas dû ajouter : « Heureuse coïncidence, non ? » Je n'en revenais pas, Barbara non plus, qui s'est contentée d'un « crève ».

En sortant du cimetière, on a croisé une voiture du Samu sur laquelle Barbara s'est mise à hurler de colère et de désespoir : « C'EST MAINTENANT QUE T'ARRIVES ? IL EST MORT ! »

Là, un 06 inconnu s'est affiché sur mon portable. Le type s'annonce : c'est Laurent. J'en connais quinze. « Laurent Finkelstein, ton cousin ! » Est-ce qu'une personne qui n'a pas pris de tes nouvelles pendant près de quarante ans peut encore se considérer de ta famille ?

Françoise Sagan : « On ne sait jamais quelle mauvaise surprise nous réserve le passé. »

MOI : Ben alors, Hibernatus, ils t'ont décongelé ?
LAURENT FINKELSTEIN : HAHAHAHA.
MOI : Laurent Finkelstein !?! C'est toi ou ton frère qu'on appelait BICHON ?

LAURENT FINKELSTEIN : Hahahaha ! Toujours aussi drôle, cousine. Je lis tous tes articles, tu sais. D'ailleurs, qu'est-ce que j'ai ri quand t'as perdu ton procès contre Pierre Perret. PIERRE PERRET, HAHAHAHA ! On a les ennemis qu'on mérite. Hahahaha !

MOI : T'as avalé un clown ou quoi ? Je te la fais courte, Bichon : je suis bourrée, je sors d'un enterrement et Cathy Guetta veut crever les roues d'une ambulance. Rappelons-nous dans trente-sept ans.

LAURENT FINKELSTEIN : Je suis passé voir Gisèle et Maurice à l'EHPAD. Ils ne m'ont pas reconnu, c'est normal ?

MOI : La dernière fois qu'ils t'ont vu tu mesurais 90 cm^3 et tu *boivais* ta soupe en faisant un bruit de bouche dégueulasse. Finalement, on va plutôt se téléphoner demain, ça m'intéresse de savoir ce que tu leur veux.

J'aimais si passionnément Laurent Finkelstein que je le déteste encore. Durant la petite enfance, Laurent était mon double masculin. Nous avions le même âge à six mois près et étions si semblables physiquement qu'on passait pour des faux jumeaux. Même arrondissement, même nourrice, même maternelle, même primaire. Il m'a offert son pistolet à eau, je lui ai refilé toutes mes maladies infantiles. Je n'imaginais pas vivre un seul jour sans lui, comme Chapi avec Chapo. Pourtant, quand nous avions onze ans, son père s'est embrouillé avec ma mère pour une histoire de rien, comme toujours chez les Finkelstein. La suite on la devine : oncle Maurice s'en est mêlé et l'harmonie a définitivement volé en éclats. À notre entrée en sixième, nos parents se sont démenés pour nous inscrire dans des collèges différents. J'en crevais de douleur à tel point qu'un matin j'ai séché l'histoire-géo pour aller choper Laurent devant la grille de son bahut. Quand il est arrivé, n'écoutant que son courage il a tenté de m'esquiver, je lui ai barré le passage. Je lui ai confié que je tenais énormément à lui, à notre amitié au-delà du lien familial, il nous fallait passer outre les embrouilles de nos parents, être plus intelligents, pour résumer. Je tremblais/il fulminait. Sa colère était glaçante, il faisait une tête de plus que moi, il l'a penchée, je sentais son haleine, et les mots ont sifflé à travers ses bagues : « Ta mère est une conne, ta sœur est une conne, ton père est un con. Et toi, JE NE VEUX PLUS JAMAIS TE REVOIR. Mes parents ont décidé de se couper de toute la famille. Donc, foutez-nous la paix. Si je te revois dans les parages, t'auras affaire à nous. »

La haine des siens pour les miens avait déjà métastasé.

Il m'a poussée, j'ai failli tomber. Il a disparu.

Cet épisode m'a appris à me battre contre plus fort que moi sans trembler, mais sur le moment ça piquait les yeux. Je suis repartie sonnée, exsangue, en larmes, mon sac US kaki pesait plus lourd qu'un crocodile endormi, j'avançais comme je pouvais, le pas mal assuré sur le bitume de la tristesse, cherchant mon chemin à travers mes lunettes embuées. Ma mère était surprise de me voir rentrer si tôt et avec une soudaine poussée de fièvre qui allait me contraindre à garder le lit pendant plus d'une semaine. Le médecin de famille en a cherché les causes sans les trouver. J'ai gardé pour moi cette altercation avec Laurent, trop douloureux, et j'en ai longtemps conservé une méfiance tenace vis-à-vis de l'amitié, ce concept aux contours brouillons, sans contrat sinon moral, affectif, dont les termes resteraient à définir une bonne fois pour toutes.

J'ai vécu avec cette défiance pathologique jusqu'au jour où j'ai rencontré Barbara. La confiance avait un nouveau visage, l'amitié portait son prénom.

Plus de quarante ans après les faits, Laurent Finkelstein, mon ex-double diabolique, revenait des tréfonds de l'enfance. Je m'étais endurcie avec les années et les épreuves, si bien que sa voix au téléphone m'avait surprise sans atteindre mon cœur. Charlotte réclamait sans honte la voiture du père de Barbara dont le corps était encore chaud ; mon cousin Laurent renouait avec Gisèle et Maurice parce qu'il sentait leur fin approcher et, avec elle, l'ouverture du fameux testament. Sachant par je ne sais quel biais que j'étais devenue leur tutrice, il m'avait appelée. On pense que ça n'arrive que dans les romans ou au cinéma, mais la réalité est égale et même parfois supérieure à la fiction. De retour à Paris, j'ai rappelé mon cher cousin.

MOI : Tu veux quoi ?
LAURENT : Bonjour, d'abord.
MOI : ...
LAURENT : OK. Je suis passé à l'EHPAD pensant qu'ils allaient bientôt clamser. Ils pètent le feu. Maintenant, tu vas arrêter de faire du zèle, j'ai besoin de cet argent.
MOI : Ils ont repris du poids, leurs analyses sanguines sont au top, pareil pour les urines. Tu vas devoir attendre un peu avant de t'offrir la panoplie de Capitaine Flam pour laquelle tu te roulais sur le tapis de ta chambre.
LAURENT : T'as pas compris. J'ai un crédit sur une maison de campagne et ma femme est au chômage. Tu agis contre nos intérêts. Avec mes frères et mes parents, on veut voir le testament.
MOI : Je ne l'ai pas.
LAURENT : Le nom du notaire ?
MOI : Pareil. Maintenant tu leur fous la paix, sinon t'auras affaire à moi.

Une image a surgi : je visualisais une figurine à l'effigie de Laurent dans la paume d'une main qui se refermait en la broyant.

J'ai filé directement à l'EHPAD pour m'assurer que ma tante et mon oncle n'avaient pas été trop perturbés par la visite de Laurent. Nous nous sommes serrés fort, puis mon regard s'est posé sur la table où mon cousin avait disposé plusieurs photos de lui et de sa famille, dont la plupart des visages nous étaient étrangers et le resteraient. Ma tante a vu que j'avais vu, elle a levé les yeux au ciel en me demandant de remballer tout ça d'un ton sec. Elle n'était pas dupe. J'ai rangé les cadres dans une armoire-poubelle et je suis allée m'asseoir dans le bureau vitré du directeur des Œillets, sans demander si je dérangeais.

LE DIRECTEUR : Un grand classique ! Nous tenons une liste noire des vautours, c'est vous dire si nous sommes habitués à ce genre d'attitude. Vous voyez la dame en mauve, là-bas, celle qui s'appuie sur sa canne ? Elle n'a ni famille ni ami. Peu après son installation chez nous, un couple est venu la visiter. Quand il est parti, elle nous a raconté qu'il s'agissait de ses voisins de palier, du temps où elle habitait dans le XVIe arrondissement. À l'époque, ils ne lui adressaient jamais la parole. Ce que vous vivez, madame Delassein, est terriblement décevant, pitoyable même, triste si vous voulez, mais c'est banal. On entend tellement d'histoires de ce genre que nous ne laissons jamais les résidents seuls avec les visiteurs que nous ne connaissons pas. Au cas où ils s'aventureraient à leur faire signer des papiers, si vous voyez ce que je veux dire… Restez vigilante, mais prenez du recul. La situation pourrait même vous amuser, qui sait ?

Impossible. Je grelottais d'effroi ou de dégoût.

Je suis allée chercher Barbara à la gare, elle rentrait de Nantes soulagée d'avoir quitté sa famille qui se déchirait autour des reliques du Saint-Père, feu Jean-Marie Quéméneur-Le Guyovar'ch : une paire de jumelles, le poster dédicacé de Jean-Marie Le Pen, des bottes en caoutchouc, un fusil de chasse. Chaque objet était prétexte à se balancer des reproches d'avant J.-C. à la figure. Nous avons décidé de louer un gîte pour le Nouvel An, l'occasion de passer du temps avec nos enfants et nous désaltérer à la source de ce qui leur restait d'innocence.

17

Covid Now

J'imagine la bande-annonce de *2020*, une superproduction de Francis Ford Coppola ou je ne sais qui, avec des images effrayantes, et la voix rauque à la fin : « Vous n'avez pas aimé 2019 ? Vous allez détester 2020 ! » Sur l'affiche, l'année est inscrite en lettres rouges dégoulinantes, comme du sang, et on voit en arrière-plan des figurants en blanc, les visages barrés de masques chirurgicaux, tenter d'assassiner le professeur Raoult. Au début, j'étais relaxe face à la menace de la Covid-19, je rigolais bien quand les gens en panique anticipaient sur les jours et les semaines à venir, Nostradamus amateurs lisant l'avenir dans le marc du café de nos voisins européens. On allait être confinés, c'était certain. Moi, je pensais que, bien sûr, tous les cafés et restaurants fermeraient, bien sûr les salles de cinéma et de spectacle aussi, sans oublier Zara Opéra. Toute sortie serait interdite, la police y veillerait à coups de PV. N'importe quoi.

C'est arrivé, ça ne vous a pas échappé.

Mi-mars 2020, les EHPAD ferment leurs portes aux familles à la suite d'une directive ministérielle. Le coronavirus, ce lâche, s'en prend aux plus vulnérables, à l'instar de la canicule, des escarres, de l'ostéoporose, de la cataracte, des assurances-obsèques, des Laurent Finkelstein. Les maisons de retraite assistent impuissantes à la fuite, les pieds devant, d'une grosse partie de leur chiffre d'affaires. Hier encore, elles refusaient du monde comme le videur à l'entrée du Baron dans les années quatre-vingt, désormais elles envisagent de débloquer un lourd budget pour une campagne d'affichage sur les murs des grandes villes et les abribus aussi. À l'image, une vaste pelouse où des ancêtres souriants batifolent à l'ombre des platanes et ce message hyper-vendeur : « Vivez votre dernier été aux Œillets » (– 25 % sur les chambres avec terrasse. Profitez-en). C'était très drôle parce que, juste avant, le gouvernement et les syndicats discutaient âprement des termes d'une nouvelle-nouvelle réforme des retraites. Il suffisait de se réunir lors d'un repas convivial autour d'un ragoût de pangolin pour mettre tout le monde d'accord.

Pour Robert et moi, cette période d'enfermement ne change pas grand-chose. Mon fils vivait confiné dans sa chambre depuis la préadolescence, et moi, vissée à mon siège à écrire des articles. Faute de sorties de disques et de concerts, je prends des nouvelles des chanteurs sur Facebook. Leurs tournées reportées de fait, ils gardent un lien avec le public en postant des chansons, certains vont jusqu'à donner des concerts entiers tout seuls à la guitare, sous un arbre. Ils font moins les malins les Julien Doré sans l'ingénieur du son et l'éclairagiste. Entre Vanessa Paradis depuis sa chambre lugubre et Joan Baez dans sa cuisine mon choix est vite fait.

J'ai peur. Peur que le virus ne choisisse justement Gisèle et Maurice, deux cibles idéales. Il y en a d'autres, dont mes parents. Sarah aura passé le confinement à sniffer des rails de poudre à récurer Ajax en pleurant l'absence de sa femme de ménage. Mon père et ses copains à se signer des rames d'autorisations de sortie pour aller se recueillir aux Abbesses, devant le Vrai Paris. J'ai compris que Simon buggait quand il a répété pour la centième fois, comme un gimmick, le slogan chopé sur BFM TV : il y aura un avant et un après. Je me demandais si, *après*, il ne serait pas encore plus relou qu'*avant*.

Il me faut garder le lien avec Gisèle et Maurice, c'est capital, je le sens instinctivement.

On me propose un appel en visio, dans un créneau horaire fixe. Thomas, l'animateur détente des après-midi à la maison de retraite, a revêtu pour l'occasion la panoplie du parfait petit chirurgien : blouse/surblouse/charlotte/masque FFP2. On distingue à peine ses yeux à travers de larges lunettes en plastique, ses mains, cent fois frottées au gel hydroalcoolique comme un toc, sont gantées. Il m'appelle via WhatsApp depuis le couloir. La connexion est établie, les lumières jaunes vacillent sur l'écran de mon téléphone, nos caméras respectives fonctionnent. Il m'informe en temps réel qu'il pénètre dans la suite des Finkelstein au quatrième étage des Œillets, il s'avance sur la pointe des pieds, le mec s'apprête à remplir une mission délicate, périlleuse même. Il a peur que le virus, invisible et mortel, s'il est présent dans la chambre, ne l'attrape à la gorge ; je redoute que Maurice ne reconnaisse pas Thomas et l'agresse sauvagement au rasoir électrique. Confinée chez moi, je fixe l'écran, captivée comme si j'étais l'héroïne d'un video game dernière génération, *Panic EHPAD*. J'incarnerais une infirmière armée jusqu'aux dents, sorte d'anti-Lara Croft, taille 42, addict aux clopes et au chocolat, dont la mission ultime consisterait à déposer un pilulier par chambre sans se faire ouvrir en deux. Les embûches seraient nombreuses, mais on gagnerait des vies en isolant les yeuves positifs à la Covid. Palpitant.

Je redoutais les mails provenant des Œillets, le plus flippant de tous a fini par arriver début avril : on recensait trois cas de Covid, sans préciser les noms. La faute à personne, sinon aux toutes dernières visites des familles avant le confinement et/ou au personnel qui allait et venait en transports en commun entre chez lui et l'EHPAD au péril de sa vie et de celle des résidents. Il fallait bien des gens pour s'en occuper, on imagine le boxon si les yeuves se torchaient entre eux, si on confiait les piluliers aux Alzheimer force 5. Quand j'ai fini par joindre l'infirmière coordinatrice, elle m'a annoncé à moitié en larmes que mes aïeux étaient négatifs, ce n'était pas le cas de tout le monde. Elle ajoutait que le plus difficile pour eux était de ne plus prendre leurs repas à leurs places dédiées au réfectoire. Ce brusque dérèglement dans leurs habitudes ne serait pas sans conséquence. Déjà qu'ils ne nous voyaient plus, ne nous respiraient plus. Ma mère, folle d'inquiétude, me serinait : l'abandon, c'est pas bon, ils l'ont dit à la télé. Or, selon elle, tout ce qu'on dit à la télé est vrai, à l'exception de l'arrestation à Glasgow de Xavier Dupont de Ligonnès par des agents d'Interpol sous gaz hilarant.

SMS DE LAURENT FINKELSTEIN : *Covid or not Covid ?*
SMS DE MOI : *Tout l'EHPAD est contaminé...*
SMS DE LAURENT FINKELSTEIN : *C'est le plus beau jour de ma vie, j'ouvre le champagne.*
SMS DE MOI : *Contente-toi d'ouvrir une Badoit, mon précédent SMS est parti trop vite. Erratum : tout l'EHPAD est contaminé... sauf Gisèle et Maurice.*

J'appelais l'EHPAD aussi souvent que possible pour rassurer les époux Finkelstein. Dans cette ambiance de fin du monde, c'était important voire vital de leur rappeler qu'ils avaient encore une famille. Thomas est entré dans leur suite et a planté le téléphone sous leurs yeux en disant très fort : REGARDEZ, C'EST SOPHIE, VOTRE NIÈCE. J'ai cru que la caméra était coupée tellement les deux ne bougeaient plus, figés d'étonnement, d'effroi, de je ne sais quoi. Puis mon oncle s'est remis en mouvement, émerveillé : « C'est beau la photo là. » Je me suis animée à mon tour, j'ai juste dit bonjour et mon oncle a poussé un hurlement de chauve-souris quand tu lui marches sur la papatte. Mon oncle a eu la frayeur de sa vie, ma tante s'est effondrée sur le fauteuil. Transportés en une seconde dans un autre univers, comme si les siècles étaient passés et que dans ce futur-là la technologie permettait de donner vie aux photos.

Je m'imaginais reprendre l'album de famille, choisir un cliché sépia écorné ou en noir et blanc bordé de dentelle, et revoir vivre mon grand-père, quelque part à l'ombre des arcades d'une avenue de sa ville natale, figure aimée du passé, costume blanc et chapeau noir, profil aquilin, la bonté au fond du regard. Sacré choc, quand même. Gisèle et Maurice ne captaient rien à l'appel en visio, eux qui s'étaient acheté tardivement un portable pour deux, un truc à clapet soviétique, écran noir et gris, où il fallait appuyer cent fois sur les touches pour rédiger un SMS.

Que comprenaient-ils à la situation ? Ce devait être tellement anxiogène de voir débarquer des gens sapés comme les frères Bogdanoff dans *Temps X*, comme si une bombe atomique s'était abattue sur le *Club Dorothée*. J'ai entrepris de leur expliquer, par écrans interposés, qu'un virus menaçait le monde entier, il fallait souvent se laver les mains. Ma tante ne voyait pas comment le simple fait de se laver les mains pouvait protéger d'un mal aussi féroce, mon oncle se tenait la tête, ahuri de voir la photo de moi remuer et parler : c'est bougé/c'est bougé.

Quand la menace s'est calmée, que la lumière a pu entrer de nouveau dans nos vies, j'ai foncé à l'EHPAD. Nos retrouvailles ont été intenses, nous étions des *survivors*, les plaies béantes et d'invisibles ecchymoses nous brûlaient tout le corps. Ma tante me semblait inchangée, ni mieux ni plus mal, mais quelque chose dans le regard de mon oncle m'a inquiétée, comme une brisure. Pour la première fois depuis Mandelieu, il s'est énervé contre moi, parce que je portais un masque. Il était furieux, sans parvenir à le formuler clairement.

Pendant le confinement, Lise a décidé de se lancer dans la déco, son rêve de toujours. Barbara a recherché un prof d'art moderne à pécho, Brigitte s'est ramenée au café avec les cheveux bicolores. Pour ma part, j'ai pris une grande décision : je vais devenir une grande journaliste pour impressionner Jérôme Garcin.

18

L'épilogue nul

Comme tous les jeudis vers 11 heures, notre chef de service anime la réunion culture où chacun propose des sujets FORTS. À part les tribulations de Gisèle et Maurice Finky à l'EHPAD, je n'ai pas trop d'idées et j'ai conscience que, même en les abordant sur un autre mode (la dérision, l'abstraction, la mauvaise foi), mon oncle et ma tante ne constituent pas un sujet culturel. Agenouillée derrière la porte de la rédaction, je prie pour que Jérôme Garcin ne me demande pas ce que j'ai de FORT cette semaine.

Un de nos critiques littéraires, Didier Jacob, annonce avec flegme qu'il a obtenu une exclu « pas mal : des poèmes inédits de Rimbaud ». Tout le monde accueille la nouvelle avec une sérénité inversement proportionnelle au bordel. Si ça ne tenait qu'à moi, je prendrais le meilleur traiteur casher et un orchestre avec une sono de groovy, j'inviterais ma famille et mes amis aussi, on ferait *La Danse de la joie* de rabbi Didier Jacob, on le porterait sur une chaise à travers toute la rédaction en criant MAZEL TOV, et on se finirait à la vodka en chialant au son des violons de *Yerushalayim Shel Zahav*. Jérôme Garcin, lui, se demande juste à voix haute si ça mérite une, deux ou trois pages.

MOI *(exaltée)* : Mais au moins trois pages, pourquoi pas la une. C'est pas n'importe qui, Rimbaud. Il a bien réussi dans la poésie !
JÉRÔME GARCIN *(soupir)* : Et toi, Sophie, tu proposes quoi de FORT en chanson ?
MOI : Dans le meilleur des cas, je peux dénicher des inédits de Gérard Lenorman, dont le brouillon des *Matins d'hiver*, ce chef-d'œuvre de 1972. Tu sais, la chanson prémonitoire sur le réchauffement climatique : « Où il fait toujours beau, où tous les jours sont chauds. » Ça nous changerait, moi j'dis. Autre possibilité, plus classique, un « Que sont-ils devenus ? ».
JÉRÔME GARCIN : C'est très TF1, non ?
MOI : PAS DU TOUT. Tu prends Gérard Lenorman, justement, Corine la bassiste du groupe Téléphone, Muriel de « Tchiki boum tchiki boum » et Marcel Mouloudji et t'as le prix Albert-Londres.
JÉRÔME GARCIN : Mais il est mort Mouloudji !
MOI : J'allais y venir. Il pourrait, avec d'autres morts vraiment bien, enrichir le sujet grâce à des encadrés sur ceux dont on sait ce qu'ils sont devenus.

Dans le regard las et impatient de Jérôme, il est inscrit en caractères gras qu'il me trouve à côté de mes Nike, un peu plus que d'ordinaire. Après, tout est allé très vite. La DRH repère mon teint de zombie dans l'ascenseur, puis convocation à la médecine du travail, puis consultation obligatoire chez mon généraliste. Tous au chevet de mon burn-out, tous raccord pour m'infliger un shabbat de deux semaines. Intérieurement, je hurle au complot. Le repos me stresse, et je me dis que quinze jours suffisent pour qu'on m'oublie. La descente aux enfers a sans doute commencé de cette façon pour Muriel du groupe Niagara, par un arrêt maladie qu'elle aurait dû refuser. Une autre chanteuse s'est imposée avec un tube, et ce fut le début de la chute de Niagara. Muriel a définitivement rangé ses cuissardes.

On ne pouvait que leur donner raison : j'étais aussi fraîche que Renaud le chanteur. D'autant qu'à ma (sur)charge mentale venait de s'ajouter un mystérieux rendez-vous. Visualisons la scène. Un matin, très tôt, je suis plongée dans la paperasse des époux Finkelstein. Je rédige des chèques pour régler les charges de l'appartement de Mandelieu et la facture du coiffeur-plasticien de l'EHPAD, adepte de l'action painting, qui s'amuse à projeter de la peinture bleue sur les cheveux fins de Gisèle. Le tout en écoutant un disque de plus, où des chansons de rupture défilent au son d'une voix trafiquée sur une pop-électro calibrée pour NRJ.

Quand soudain, un numéro inconnu s'affiche sur mon téléphone. Mais qui me veut encore quoi, me demandais-je, mi-intriguée mi-intriguée. Comme l'a très bien dit Sophie Delassein au terme d'une soirée de biture : « Le numéro masqué est à l'Iphone ce que la lettre recommandée est à la boîte aux lettres : une galère. » Je lâche un ALLÔÔÔÔÔÔ dans un soupir. Quel obscur descendant des époux Finky s'inquiète à son tour après quarante ans de silence ? Une voix mâle et mûre me demande si je suis bien Sophie Delassein, la nièce de Maurice Finkelstein ?

L'inconnu ne veut ni décliner son identité ni dérouler le motif de son appel « comme ça, par téléphone ». Il se prénomme Olivier, je dois m'en contenter. Le reste, à savoir l'essentiel, il me le dira de visu. C'est urgent. Tout est toujours urgent. Urgent pour qui ? Je le case entre une interview de Miossec, un portrait de Grand Corps Malade, un détartrage, une visite chez l'ophtalmo pour Robert, la préparation d'une rencontre avec Carla Bruni, ma pile de repassage, y a plus de PQ, le retour sur scène de Jeanne Cherhal dans les conditions sanitaires qu'on connaît. Il me reste une heure à tuer, rendez-vous est pris aux Abbesses, en évitant le Vrai Paris, QG de mon père et de sa tribu de ricaneurs. C'est donc au café le Saint-Jean que ma vie a basculé dans le n'importe quoi ++, ici que s'écrit, à mon corps défendant, l'épilogue du *Dernier Testament de Maurice Finkelstein.* Même sous opiacés, je n'aurais jamais eu l'idée d'un dénouement aussi nul.

À la terrasse du Saint-Jean, ce mercredi après-midi, il y avait des gens qui savaient prendre leur temps et je les enviais de siroter des limonades à la violette en ne pensant à rien. Olivier avait du retard, je patientais en faisant tournoyer un sachet de sucre au-dessus d'un double-crème tiède. Je n'avais pas dormi/rien mangé/trop fumé. Je me sentais triste sans trop savoir pourquoi, je l'expliquais par défaut à la vision très fin du monde de nos visages barrés d'un masque chirurgical et à la disparition récente d'Annie Cordy. Les « Adieu Tata Yoyo » fleurissaient sur les réseaux sociaux.

J'attends Olivier. Qui est Olivier ? Who is Oliver ? 누가 올리브 나무인가[1] ? A-t-il un grand chapeau ? Si oui, qu'est-ce qu'il y a sous son grand chapeau ? Je cherche des rimes en « o » pour réécrire *Tata Yoyo* vu que je ne connais pas les paroles. Gombo/rigolo/vibrato/sado-maso/Norauto/social/ Zingaro/grosso modo/recto-verso/Placido Domingo/Pablo Picasso. Ce n'est pas si facile d'écrire une chanson, n'empêche. Le klaxon d'une voiture dans mon dos me sort de ma rêverie mélancolico-anniecordièsque.

Je ne me retourne pas pour voir le type qui vocifère sur un piéton, téméraire ou étourdi. C'est lui. Je comprends immédiatement qui est Olivier, et ma tristesse vire à la détresse, aussi vite que le nuage de Tchernobyl s'est abattu sur Tchernobyl le 26 avril 1986. La stupeur

1. Pour mes fans coréens.

m'irradie. Quelques minutes s'écoulent et le voilà qui me cherche sur la terrasse. Je profite de quelques secondes d'hésitation pour l'observer : 1,85 mètre, cheveux noirs, regard pareil, pantalon blanc, chemise bleu pâle. Il ôte son masque et c'est Maurice avec vingt ans de moins. Je lève une main résignée, il s'approche, s'assied, jambes écartées, buste en avant, le regard fuyant, même pas bonjour, il parle fort, l'émotion, sans doute, parce que, durant toute sa putain de vie, il a attendu ce moment de vérité.

Il revient de Mandelieu où le gardien de l'immeuble de l'avenue de la Mer lui a indiqué que Maurice était parti l'an passé pour vivre dans un EHPAD à Paris. Qui dit EHPAD, dit Covid, dit épidémie massive, dit hécatombe. Avec la peur d'arriver trop tard, Olivier les a tous appelés, jusqu'à la lettre « O » comme « Œillets ». La standardiste lui a communiqué mon nom et mon numéro.

Le récit, qu'il me délivre, nous amène en Bretagne, il y a soixante-neuf ans. J'aurais trouvé plus romanesque que l'histoire se déroule dans l'underground new-yorkais, cultivé et décadent, un huis clos dans un loft avec une vue à 180 degrés sur Manhattan, peuplé de peintres camés et de muses sublimes. Un peu cliché peut-être, mais j'aime bien. Il fallait se contenter des côtes bretonnes et de leur climat bipolaire.

C'est là qu'il est né, qu'il a vécu, qu'il vient de vivre la mort de sa mère, Mado, après plusieurs jours d'agonie.

Olivier est resté à son chevet jusqu'au râle ultime, il adorait sa mère, il n'avait qu'elle. Le médecin de famille a constaté le décès, le curé lui a donné l'extrême-onction. Détresse/solitude. Il a zoné dans l'humble demeure, théâtre d'un tête-à-tête mère/fils de misère, d'amour, d'ennui. Il y a dormi tout habillé, sans rien avaler ou quasi. Il s'est fait violence pour commencer à vider la maison, mais chaque geste lui pesait. Il aurait voulu tout conserver en l'état, ériger ici même le Mado's Museum, exposant les photos encadrées sur le buffet, les robes pendues dans l'armoire normande, les revues empilées, un flacon périmé de *L'Air du temps* de Nina Ricci. Et les marmites dans lesquelles elle cuisinait le petit salé aux lentilles ; et les draps dans lesquels elle s'était blottie. Il ne jetait rien, se contentant de saisir les objets avant de les replacer à l'endroit précis où ils avaient depuis longtemps trouvé leur place dans ce décor désuet.

Jusqu'au moment où il est tombé sur ce qu'il recherchait inconsciemment, des brouillons de lettres entassés dans une boîte à chaussures, le tout fermé par d'épais élastiques. Elles commençaient toutes par « Olivier, mon petit chéri », d'une écriture ronde et généreuse. Il a passé deux jours et deux nuits à les relire en tentant de reconstituer le récit que l'ultime lettre aurait révélé. Il était question de paternité, le grand flou de son existence. Sa grande souffrance, aussi.

Olivier était le fils de Maurice, je l'ai su à l'instant où il a gueulé sur le piéton. Il avait compris que j'avais compris. Son scénario tenait en une ligne, mais il a voulu développer, à tout me raconter à moi, l'inconnue du Saint-Jean, qui avait le pouvoir de le conduire auprès de son père – ou pas. J'ai allumé une Vogue en tremblant, et sans contenir son exaspération il a chassé la fumée d'un geste ample. Un authentique Finkelstein. Maître Pompon était la seule personne à qui j'avais envie d'en parler. Était-elle rentrée de vacances ?

Les lettres revenaient sur ce jour où la jeune Mado était montée à Paris pour l'enterrement d'une de ses tantes. Paris, la première fois, l'avait émerveillée. Elle avait commencé par se perdre dans l'enceinte du Père-Lachaise, s'arrêtant sur les tombes de Rosa Bonheur et Gustave Caillebotte, Fragson et Charlie Chaplin, et puis Pissarro, Ingres, Delacroix. Elle avait ensuite déambulé dans Paris, décor vivant des films de Marcel Carné, *Hôtel du Nord* et *Les Enfants du paradis*. Elle avait marché au hasard, entre Ménilmontant et Montmartre pour s'arrêter sur les Grands Boulevards où on donnait des bals pour la jeunesse traumatisée par une adolescence sous l'Occupation. Elle se souvenait de la robe qu'elle portait ce jour-là : noire, à motif floral, cintrée à la taille, tombant légèrement en dessous du genou. Rien n'en n'atteste vraiment, la vieille étant un peu menteuse. Elle avait dérobé les bottines à talons de sa cousine, la vieille étant en plus un peu voleuse.

Maurice, dix-neuf ans, célibataire, bogosse, l'avait invitée à danser. De valses en palots, elle s'était perdue sous ses draps, une nuit fabuleuse qu'elle revivra dans ses rêves éveillés pendant des semaines. De retour en Bretagne, elle écrivait à Maurice avec l'espoir de le revoir. Il n'a jamais répondu. Sa dernière lettre, celle dans laquelle elle annonçait qu'elle attendait un enfant de lui, est revenue. Adresse inconnue. Car entre-temps, au même endroit, Maurice avait rencontré Gisèle, s'était épris d'elle et l'avait presque aussitôt demandée en mariage. Ils s'étaient installés ensemble, ailleurs. Mado s'est renfermée sur le doux secret de sa grossesse. « Je te sentais remuer, je t'imaginais courant vers moi sur la plage en riant, c'était déraisonnable, mais j'avais terriblement envie de te garder », écrivait-elle dans ses brouillons de lettres.

Mado, fille-mère, avait élevé son fils toute seule. Elle le confiait le matin tôt à une nourrice avant d'aller travailler dans une petite boutique de prêt-à-porter. Chaque jour, même topo. La nourrice/la boutique/la routine. Olivier s'est déconstruit sans père, ou plutôt avec ce père-mirage aux multiples visages que sa mère lui décrivait chaque fois qu'il réclamait des détails. Et chaque fois elle le croquait autrement, ajoutant un élément, en retranchant un autre. Si elle avait cherché à embrouiller son fils, elle ne s'y serait pas prise autrement.

Olivier parlait encore, beaucoup, tout seul, ça se voyait qu'il ne me voyait pas. J'étais juste le réceptacle de sa douleur lancinante, récurrente, celle qui se réveillait à chaque rentrée scolaire, à chaque anniversaire, à chaque veillée de Noël. Olivier venait de perdre sa mère, il allait retrouver un père. Il s'est tu, il voulait que je lui raconte Maurice. Ça aurait été trop long, je lui ai juste expliqué qu'il arrivait un peu tard, l'aîné des Finkelstein avait perdu beaucoup de sa lucidité. Et puis je l'ai invité à me suivre. En quelques SMS, j'ai annulé tous mes rendez-vous et nous avons marché jusqu'aux Œillets en échangeant des banalités. Il aurait fallu prendre rendez-vous à l'EHPAD, comme les nouvelles mesures sanitaires nous l'imposaient à cause de la deuxième vague de la Covid-19. À l'accueil, tout le personnel a compris à mon regard que rien ne servait de s'opposer à ma venue. Nous avons enfilé des chaussons en plastique bleu électrique, une surblouse, une charlotte et nous sommes frotté les mains au gel hydroalcoolique. À travers mon masque, j'ai demandé à la dame de l'accueil de sortir gentiment Gisèle de la chambre pour une heure ou davantage.

Maurice regardait la télévision dans sa suite, dès qu'il m'a aperçue il a explosé de joie. Ma famille/ma famille. Je l'ai enlacé plus fort que d'habitude. Quelle histoire ! Il m'a lâchée en voyant l'homme derrière moi et, le regard embrumé par sa pathologie, le père est allé vers le fils. J'ai longtemps attendu ce moment/je suis ton fils. Content/content. Olivier manquait un peu de manières, mais j'avais senti tout de suite que c'était un type bien. J'ai quitté la pièce le cœur en vrac. Rien ne m'émeut davantage que les histoires de famille qui se déchire et se réconcilie. J'ai chialé pendant une semaine après

Festen, ne me suis toujours pas remise de *Secrets et Mensonges* en 1996. Le film commence par cette scène : une tombe vue du ciel surmontée d'une couronne de fleurs dessinant « MUM ». Je pleurais tellement fort au Gaumont Opéra que la projection a été interrompue le temps que je me calme. Au fait, je me souviens maintenant que le type sur qui je m'étais mouchée avait des faux airs de Maurice. Et si tonton avait d'autres fils cachés ?

Tante Gisèle patientait en feuilletant une revue dans le salon du rez-de-chaussée. Je lui ai tout raconté, pour Olivier. Elle m'a écoutée sans m'interrompre et puis elle a dit :

GISÈLE : Tu sais, au fond je pense que Maurice a toujours eu envie d'un enfant mais la peur le paralysait, ce n'est pas à toi que je vais raconter son histoire. Ce gamin, Olivier, il a dû beaucoup souffrir. Je suis heureuse que Maurice et lui se rencontrent.
MOI : Je savais que tu le prendrais bien, je commence à te connaître.
GISÈLE : Tu ne vas pas nous laisser tomber, Sophinette !
MOI : Nan, nan. Une question : tu crois qu'on va devoir partager votre héritage avec Olivier ?
GISÈLE : Vérifie qu'Olivier est bien le fils de Maurice et, si c'est le cas, arrange-toi pour qu'il ait TOUT, TOUT, TOUT.

MOI : WHAT ???
GISÈLE : Tu penses que ça lui ferait plaisir que je lui achète un jouet ?
MOI : T'as fumé ou quoi ? Le type va sur ses soixante-dix ans !

Fière de sa vanne pourrie, elle a éclaté de rire en mettant sa main devant sa bouche comme la petite fille qu'elle n'a jamais cessé d'être. Elle a posé sa tête sur mon épaule et je me suis dit que j'avais bien envie/besoin d'une épaule où poser la mienne.

GISÈLE : Tu passes ta vie sur ton portable !
MOI : J'annonce la nouvelle à mes parents et à ma sœur.
GISÈLE : Pas la peine, je peux te dire d'avance ce qu'ils vont te répondre. Arielle va remercier le ciel d'avoir organisé ces retrouvailles, Sarah va vouloir scier la branche sur laquelle Olivier est assis et Simon te conseillera d'écrire un roman rigolo sur ce con de Momo.

C'est exactement ce qu'ils m'ont répondu.

J'ai quitté ma tante et l'EHPAD et j'ai aussitôt appelé maître Pompon.

Je l'entendais mal, la musique couvrait sa voix. L'avocate n'était pas rentrée de vacances, elle se demandait même si elle reviendrait un jour. Pompon, la nymphe du palais de justice, était partie pour trois semaines de Covid Party à Formentera. Là, une nuit sur le sable, autour d'un feu de camp, elle a rencontré Manolo, un guitariste de jazz « d'une blondeur assassine », qui « sent bon le monoï », doté d'un « humour de bâtard » et d'un « doigté magique » – elle parlait *picking*. Il se nourrissait essentiellement de yaourts aux fruits et lui roulait des joints de thé vert aphrodisiaques. Elle s'était aussitôt « follement éprise » du type.

> MAÎTRE POMPON : Coup de bol, il adore les gros seins !
> MOI : Une chance, en effet, c'est tellement rare.
> MAÎTRE POMPON : Pour la tutelle, faudra continuer sans moi.
> MOI : Maurice a un fils.
> MAÎTRE POMPON : Wouaaaah ! Le bordeeeeeeel !

J'abandonnai Pompon à son bonheur. Je prendrai moi-même rendez-vous avec la juge des tutelles, elle saura me comprendre et m'aider à officialiser le lien de parenté entre Olivier et Maurice.

Dans la rue, hommes/femmes/enfants se retournaient sur mon passage, quel désagrément, parfois, d'être très belle. Arrivée à Saint-Lazare, j'ai réalisé que j'avais quitté l'EHPAD sans enlever les chaussons bleus, la charlotte et tout le reste, sapée comme l'évadée des urgences de Bichat. J'ai continué à déambuler sans but dans Paris, il pleuvait à peine, mes pas m'ont menée jusqu'aux Grands Boulevards, le terrain de jeu de Gisèle, Maurice et des autres jadis. Assise à la terrasse d'un café, je les imaginais danser sur les pavés et s'embrasser dans le cou. Les filles aux joues rouges/les garçons aussi. Georges Guétary roucoulait des sérénades où « amour » rimait avec « toujours » tellement soporifiques que j'ai failli oublier de tenir Laurent Finkelstein informé des derniers événements. Je mc suis fendue d'un SMS.

> SMS DE MOI À LAURENT FINKELSTEIN : *Mon cher Laurent. Pardon, je n'ai pas été très cool avec toi, comme si je t'en voulais alors que pas du tout. J'ai une grande nouvelle à t'annoncer, elle va te réjouir : j'en sais davantage sur la succession de Gisèle et de Maurice. Appelle-moi vite. Je t'embrasse.*

J'ai ajouté un smiley cœur.
Et j'ai bloqué son contact.

Je suis allée attendre Robert à la sortie de son cours de piano. Il était hirsute et sur-fardé, rapport à sa passion récente pour The Cure et Robert Smith en particulier. Il avait envie de marcher, moi aussi. Nous avons cheminé jusqu'au Louvre pour nous blottir devant la Pyramide. Je lui ai raconté, pour Olivier. Mon fils était fou de bonheur, il trouvait l'histoire trop belle.

MOI : J'ai envie/besoin de poser ma tête sur une épaule.
ROBERT : T'as ton père.
MOI : Il est trop avec ses copains.
ROBERT : Ta mère.
MOI : Elle est trop fragile.
ROBERT : Ta sœur.
MOI : Elle est trop parfaite.
ROBERT : Il ne te reste plus que moi, alors.
MOI : T'es trop maquillé.
ROBERT : Je sais ce qu'il te faut.

Il a sorti son mélodica de son gros sac, la nuit s'avançait timidement, et l'avatar de Robert Smith a convoqué une vieille chanson d'Édith Piaf, *La Goualante du pauvre Jean*, celle qui dit que, « riche ou sans un sou, sans amour on n'est rien du tout » et dont j'adore la mélodie. Je n'étais plus seule à assumer Maurice et Gisèle, je me sentais délestée d'un sacré poids, je me détendais un peu pour la première fois depuis un an. Ce sacré poids était celui de l'héritage, je pense. Je me fichais de l'argent, l'année que je venais de vivre dans le monde parallèle de la gériatrie constituait une nouvelle richesse pour moi. Mon corps se relâchait trop violemment, j'ai été prise d'un vertige qui a fait disparaître la Pyramide du Louvre et apparaître une plage sous un ciel d'automne. Les vagues me léchaient les pieds, et je revoyais la Môme, immense petit bout de femme recroquevillée sur le sable, tricotant tout en répondant aux questions d'une journaliste. Aimait-elle la nuit ? « Oui, mais avec beaucoup de lumière. »

Souvent, il m'arrive de pleurer sans trop savoir pourquoi, et ce depuis l'enfance.

RÉALISATION : NORD COMPO À VILLENEUVE-D'ASCQ
IMPRESSION : CPI FRANCE
DÉPÔT LÉGAL : MARS 2021. N° 146945 (162075)
Imprimé en France